사랑합니다.

그리고 고맙습니다.

_____ 님께 드립니다.

바보가
바보들에게

두번째 이야기

김수환 추기경 잠언집

바보가
바보들에게
두번째 이야기

김수환 추기경 잠언집

장혜민(알퐁소) 엮음

산호와진주

고맙습니다.
서로 사랑하세요.

— 김수환 추기경의 마지막 가르침

안다고 나대고…

대접받길 바라고…

내가 제일 바보같이 산 것 같아요…

— 김수환 추기경

성자 김수환 추기경이
우리 영혼에 보내는 두 번째 메시지

이웃의 친근한 할아버지이자 시민, 의인인 김수환 추기경은 삶 대부분을 성직자로 살아왔지만 종교인만은 아니었습니다. 이웃의 친근한 할아버지였고 사회적 불의에 눈물 흘린 시민이었고 유신독재 정치에는 쓴 소리로 대항했던 의인이었습니다.

진지하지만 해맑고, 엄숙하지만 천진한 미소를 잃지 않았던 그분은 늘 우리와 가까이 있었습니다.

모든 이들의 '밥'이 되고 싶어했고 서민들의 소박한 그릇 '옹기'이고자 했으며 세상을 밝게 비추는 작은 '등불'이고자 했던 분, 나지막이 사모곡을 읊조리는 평범한 한 어머니의 아들이었고, 스스로를 낮추어 '바보'라 칭했던 이 시대의 진정한 위인입니다.

김수환 추기경의 얼굴을 보면 그의 생각에 있어 가장 큰 주제는 늘 인간이었음을 알 수 있습니다. 또한 추기경이 하느님의 신실한 종지기였음을 우리는 그분의 손을 보면 압니다. 주름지고 투박한 손이지만 경건함으로 기도하는 자세였으며 겸손과 순종으로 섬기는 조용한 손짓이었습니다.

"고맙습니다. 서로 사랑하세요"라는 추기경의 마지막 그 가르침. 우리는 김수환 추기경이 우리 곁을 떠났음을 여전히 애도합니다.

그러나 그가 우리에게 보여주었던 사랑이 남아있음을 또한 기뻐합니다. 그래서 전편 『바보가 바보들에게』에서 다 담지 못한 남겨진 이야기를 또 한권의 책으로 엮었습니다.

우리가 아주 오랫동안 함께 하고 싶었던 이 시대의 어르신, 김수환 추기경님의 잠언을 통해 그 분을 기억하고, "고맙습니다. 서로 사랑하세요"라고 하신 마지막 그 말씀을 가슴에 새길 수 있는 기회가 되기를 바랍니다.

·차례·

하나, 인생공부

둘, 보잘것없는 존재를 사랑한다는 것

셋, 영혼을 감동시키는 침묵의 힘

넷, 이삭을 줍는 마음

다섯, 가장 사소한 것의 존귀함

하나

인생 공부

무엇을 위해 살 것인가?

흔히 하는 말로 여러분은 돈을 벌기 위해서 삽니까, 밥을 먹기 위해 삽니까? 혹은 출세를 하기 위해 삽니까, 사랑을 위해서 삽니까? 인생의 의미를 묻는 이 말은 매우 중요합니다. 왜 사는지 모르고 살고 있다면 그것은 마치 어디로 가는 기차인지도 모르고 남이 타니까 그냥 타고 가는 사람과도 같다고 할 수 있습니다.

그런데 우리는 이것을 얼마나 중요시하는가, 평소 많이 생각하는가 하면 그렇지 않습니다. "무엇 때문에 사느냐"고 물으면 정신 나갔다고 말하는 사람이 많을 것입니다. "왜 살기는 왜 살아? 사니까 사는거지"이렇게 대답하는 사람이 많을 것입니다. 서울역 가는 길을 물으면 가르

쳐 주는 사람들이 인생의 의미를 물으면 '정신나간 사람'
으로 취급합니다.

어떤 질문이 더 중요합니까? 그런데도 이런 반응이 나
타나는 것은 평소에 우리가 그 의미를 생각하고 있지 않
다고도 말할 수 있겠고, 어쩌면 그보다 더 큰 이유는 우리
가 그런 생각을 하지 않고 삶의 흐름에 우리 자신을 내맡
긴 채 살고 있기 때문이 아닌가 하는 생각도 듭니다. 더욱
이 현대는 사람이 너무 많고, 사회가 복잡하고, 사는 것이
고달프고 바쁘니까 무슨 생각을 할 여유도 없습니다. '무
엇을 위해 살 것인가' 하는 물음은 분명히 삶의 의미를
묻는 것이면서 동시에 사람이 사람답게 산다는 것은 보
람도 의미도 있고, 또 기쁨도 있습니다. 사람답게 사는 길
이 무엇인가를 놓고 매일 5분씩이라도 생각하면서 산다
면 우리는 분명히 하루하루를 뜻깊게 살아갈 것이고, 우
리 이웃에도 도움을 줄 것이고, 우리 사회도 보다 더 인간
적인 사회로 변화될 것입니다.

오늘날 나 자신을 포함한 많은 사람들이 삶에 떠밀려
살고 있습니다. 생각하는 시간도, 책을 읽을 시간도 갖지

못한 채 살고 있습니다. 그러는 사이에 우리 자신도 모르게 비인간화되어 가고 있습니다. 하루에 5분을 생각한다는 것이 어려운 것도 아닌데 그렇게 살기가 힘이 듭니다. 왜 그렇습니까? 게을러서도 그럴 수 있겠고, 어떻게 보면 자기와 마주친다는 것, 자기를 마주 바라본다는 것이 싫어서 그럴 수도 있겠고, 혹은 삶에 너무 지쳐서도 그럴 수 있겠습니다. 하루에 5분 가치 있는 삶이 무엇인지, 왜 사는지 자기를 마주하는 시간을 찾아봅시다.

인생의 진정한 의미

'인생고'라는 말이 있습니다. 인간이 한 세상을 사는 동안에 기쁜 일도 있지만 괴로운 일, 고통도 많다는 뜻입니다. 한평생을 살아가면서 좋은 날보다도 궂은 일이 더 많을 수 있고, 나이 먹고 병들고 결국 어느 날 죽습니다. 그러다 보니 살면서 많은 것을 생각하게 됩니다.

도대체 인생고가 많은데도 불구하고 우리가 살아가려고 하는 그 삶의 의미는 무엇인가? '인생은 나그네 길'이라는 유행가사도 있듯이 어디서 왔다가 어디로 가는지 알지 못하면서 살고 있는 것이 아닌가? 왜 고통이 있으며 왜 죽음이 있는가? 이렇게 많은 의문을 갖게 됩니다.

또한 우리는 살아가면서 여러 가지 어려움이 있지만 먹

고 살기 위해서도 그렇고 모두가 돈을 벌기 위해 애써 일합니다. 그리고 돈을 잘 벌면 인생에서 성공한 것처럼 생각하고, 그런 사람을 부러워하기도 합니다. 그러면서도 그것이 인생의 모든 것, 인생의 의미 자체라고는 생각하지 않습니다. 그보다는 돈을 비록 잘 벌지는 못했어도 때로는 가난해도 참되게 사는 사람, 양심적으로 사는 사람, 정직하게 사는 사람을 마음으로 존경합니다.

그럼 인생에 있어서 가장 소중한 것은 무엇입니까?

어떤 이는 건강이라고 답할 것입니다. 왜냐하면, 건강을 잃으면 삶의 의욕도 잃고 활동할 수 없기 때문입니다. 나도 건강을 유지하기 위해서 가끔 등산을 합니다. 그러나 누가 건강을 잃었다 하여 실망한 나머지 자살하려고 한다면 우리는 동의할 수 없습니다. 건강이 살아가는 데 있어서 중요한 것임에는 틀림없지만, 그것을 잃었다고 하여 목숨을 끊기에는 인생에서 건강보다 더 소중한 것이 분명히 있기 때문입니다.

돈도 마찬가지입니다. 돈은 '제2의 신'이라고 할 만큼 소중히 여기고 인간 활동의 대부분, 삶의 대부분은 돈을 위해서 또 돈으로 이루어진다고 해도 과언이 아닙니다. 돈 때문에 사람을 죽이고, 심지어 부모까지 죽이는 경우가 있습니다. 그러나 그만큼 소중한 것이라고 할지라도 누가 돈이 없다고 해서 낙담하고 역시 목숨을 끊으려 한다 할 때에 우리는 동의하지 않습니다. 또 돈이 없다 하여 사람을 업신여긴다면 이것 역시 누구든지 잘못이라고 말할 것입니다. 이유는 인생에서 돈보다 더 소중한 것이 있기 때문입니다.

인생에 있어서 돈, 명예, 지위 등 정상인으로 사는 데 필요한 모든 것을 잃어도 인간과 인생을 값지게 하는 것이 있다면 그것은 무엇입니까? 성서를 보면, 이런 말씀이 있습니다. "사람이 세상 모든 것을 다 얻어도 자기 목숨, 생명을 잃으면 무슨 소용이겠느냐."

참으로 생명은 소중합니다. 생명을 잃으면 세상의 모든 것이 무슨 소용이 있겠습니까? 그런데 그 생명은 무엇입니까? 단순한 육신생명입니까? 육신생명도 생명으로서 분명 소중합니다. 그러나 이 생명은 나라를 위해, 진리와 정의를 위해, 이웃을 구하는 사랑을 위해 바칠 수 있습니다.

인생의 목적이 현세적인 것, 돈이나 권세를 얻는데 있지 않습니다. 인생의 목적은 현세적인 것을 넘어서 영원한 것, 참된 것을 얻을 때에 그 의미가 완성됩니다. 사람은 할 수만 있다면 영원히 살기를 간절히 바랍니다. 인간은 육체적으로는 조그맣고 유한한 존재이면서도 정신적으로는 영원하고 무한한 행복과 생명을 갈구하는 존재입니다.

세상에서 아무리 잘 살아도 우리 모두는 어느 날 죽어 썩고 맙니다. 인생이 만일 그것뿐이면 참으로 허무합니다. 뿐더러 길어야 70~80년의 짧은 인생, 그것도 고생 많은 인생을 살면서 사람답게 살고, 윤리도덕을 닦으며 특히 남을 사랑하고 원수까지도 용서하는 덕행과 노력이 아무런 의미도 없게 됩니다. 현세뿐이라는 게 확실하면 현세를 마냥 즐기며 사는 것이 제일 좋은 일일 것입니다. 고생하면서, 손해를 보아 가면서까지 정직할 필요도 없고, 궁한 처지에 있으면서까지 남을 도울 필요도 없을 것입니다.

이렇게 인생이 현세뿐이면 참으로 어느 날 죽어 썩고마는 인생은 그 자체로 너무나 허무하고 모든 것이 모순뿐이라 해도 과언이 아닙니다. 그러나 죽고 난 다음에 천당도 없고 지옥도 없다면 모르겠는데, 천당도 있고 지옥도 있으며 우리의 행실대로 심판을 받아야 한다면 어떻게 되겠습니까?

인간은 누구도 이런 인생에 만족할 수 없습니다. 우리가 하는 일, 특히 어려운 가운데서도 참되이 인간답게 살고, 올바르게 살고, 남을 돕고 사랑하며 사는 삶은 의미가 있어야 합니다. 또한 우리는 행복을 찾습니다. 그 행복은 끝이 없고 한이 없을 만큼 완전한 것이기를 바랍니다. 이것이 우리 모두가 마음속 깊이 지니고 있는 소망입니다.

기도하는 즐거움

사람이 24시간 중 일정 시간 기도를 드리는 것은 극히 좋은 일입니다. 그것은 비단 가톨릭 신자만이 아니라 신앙을 갖지 않은 사람도 마찬가지입니다.

사실 믿음은 반드시 기도하는 마음 속에서 찾아지는 것이기 때문에 우리의 삶 그 자체가 기도가 되어야 합니다. 현대를 사는 사람들에게는 허탈감이 밀물처럼 밀려들어 올 때가 많습니다. 서울 한복판을 걷고 있자면, 밀려드는 자동차의 홍수와 빽빽이 들어선 고층 빌딩, 무수한 인파로 해서 설 자리를 잃었다고 생각하게 될 것입니다. 그런 상황에서 사람들은 자신이 어디로 가는 지도 모르는 채 방황하게 되는 것이 아닐까요.

바로 이럴 때에 기도가 필요합니다. 믿지 않는 사람들에게는 반드시 기도가 아니더라도 자신의 육신이 자신의 마음과 마주 앉아 보자는 것입니다. 과연 무엇이 소중한가를 음미하는 명상이 바로 기도로 통하는 것입니다.

교회에 관계없이 초월하는 자세로 명상할 때 빛을 구할 수 있는 것이고 또 내적으로 풍요를 누릴 수 있습니다.

인생 공부

인생 공부의 가장 큰 문제가 무엇이겠습니까? 정말 사랑할 줄 아는 것입니다. 언젠가 어느 책을 보니, 그 첫머리에 "인생에 있어서 내가 배운 것은 오직 하나, 곧 사랑하는 것이다. 내가 당신들에게 바라는 것도 오직 하나, 곧 사랑할 줄 아는 것이다"라고 쓰여 있었습니다. 그런데 나는 아직 참으로 사랑할 줄 안다고 말할 수 없습니다. 다만 인생에 있어서 제일 중요하고 값지고 삶을 풍부하게 해주며 구원해 주는 것이 있다면 그것은 바로 사랑이라는 말만 할 수 있을 뿐입니다.

가끔 이런 생각을 해봅니다. 어느 날 내가 살던 방을 떠난다고 할 때, 무엇인가 갖고 떠난다면 어느 것을 가지고 떠날 것인가? 깊이, 그리고 오래 생각해 본 것은 아니지만 한결같이 생각나는 것은 성경책 하나가 꼭 필요하다는 것입니다. 책, 옷, 전축, 텔레비전, 라디오, 심지어 패물이라면 패물이라고 할 수 있는 것도 있지만, 그런 것은 있어서 그만이고 없어도 그만입니다.

물론 이것을 가리켜 청빈이라고 말할 수는 없습니다. 내가 청빈해서라기보다도 오히려 애착을 느낄 만큼 무엇과도 친숙해지지 않아서일 것입니다. 이것은 물건에 대해서만이 아니고 사람에 대해서도 같을지 모르겠습니다. 청빈은 사랑하면서도 끊을 수 있을 때에 가장 잘 드러납니다. 물건 같으면 애착을 느끼면서도 깨끗이 버릴 수 있을 때 청빈이 증거가 될 것입니다. 그러나 나의 경우에는 오히려 애착이나 사랑이 없어서 오는 담담함입니다.

행복한 데레사 수녀와
화려한 다이애나비

　'20세기의 신데렐라'라 불리는 영국의 다이애나비와 '살아있는 성녀'라 불리는 인도 캘커타의 마더 데레사 수녀의 죽음에 대한 이야기입니다.

　다이애나비의 죽음은 많은 사람들에게 충격적이었고 큰 슬픔을 안겨 주었습니다. 나 자신은 그렇게까지 많은 사람들이 그녀의 죽음을 진심으로 애도하는 것을 보고 솔직히 놀랐습니다. 그리고 오늘 우리는 어떤 가치관에 사는가를 생각하였습니다.

　다이애나비는 세상 사람들에게 무엇을 남기고 갔습니까? 장례식에서 영국 총리는 사랑을 노래한 '고린도전서

13장'을 읽었는데, 이것은 그녀에 대해 우리가 아는 것과 다른 면이 있었다는 것을 의미합니다. 우리는 다이애나비를 '정숙하지 못한 여자'로 생각하는 경향이 있었는데, 그것은 우리 언론의 보도에 문제가 있었다고 봅니다. 그녀에 대한 소식을 보도할 때에는 주로 스캔들을 다루었기 때문에 인식이 좋지 않았던 것이 아닌가 봅니다.

사실 그녀는 아름답고 매력적인 여성이었습니다. 가난한 이들에 대한 자선에 관심이 많았고, 인간에 대한 사랑을 위해서 노력했던 면이 많아서 데레사 수녀도 좋아하는 여성이었습니다. 수많은 영국인들이 다이애나비에게 애도를 표한 것은 그녀의 삶을 통해서 이루지 못한 자신들의 모습을 투영했기 때문이 아니었는가 생각합니다. 그리고 그것은 순수한 인간애였을 것입니다.

그러나 전체적으로 보아서 그녀의 생활은 누구의 탓을 하기 전에 세상의 눈으로 보아서는 화려했으나 행복한 것은 못되었던 것 같습니다.

이에 비해 데레사 수녀는 참으로 세상을 밝히는 빛이었습니다. 그녀는 돈도 없고 귀족도 아니었고 박사도 아니었고 스스로 쓴 것으로는 단 한 권의 책도 없습니다. 그런데도 그녀의 별세를 온 인류가 애도하고 신문마다 '사랑의 별 지다!' '가난한 자들의 어머니' '인류의 어머니 가시다!' '성녀였던 분이 가셨다!' 라고 칭송을 아끼지 않았습니다. 인도는 국장으로 장례를 치뤘습니다. 우리가 아는 한 지금까지 그 누구의 죽음도 이렇게 전 인류의 애도와 추모를 받은 적이 없었습니다.

우리 마음의 새 날

옛날에 어떤 성자가 있었습니다. 그 성자가 한번은 제자들을 불러 모아 놓고 "밤의 어두움이 지나고 새 날이 밝아 온 것을 그대들은 어떻게 아는가?"하고 물었습니다. 제자중의 하나가 "동창이 밝아오는 것을 보면, 새 날이 온 것을 알 수 있지요"라고 대답했습니다. 스승은 "아니다"라고 말했습니다. 다른 제자가 말하기를 "창문을 열어 보고 사물이 그 형체를 드러내어 나무도 꽃도 보이기 시작하면, 새 날이 밝아 온 것을 알 수 있지요"라고 했습니다. 스승은 역시 "아니다"라고 말했습니다.

"너희가 눈을 뜨고 밖을 내다보았을 때, 지나다니는 모든 사람이 형제로 보이면, 그 때 비로소 새 날이 밝아 온 것이다."

참으로 의미심장한 말입니다. 우리의 마음의 눈이 열려서 모든 사람이 그냥 사람으로만 보이지 않고 형제로 보여 사랑을 느낄 수 있을때에, 우리의 마음에 비로소 새 날이 밝아 온다는 뜻입니다.

이는 바로 내 마음이 변하고 내 마음이 사랑으로 가득한 새 마음이 되어, 남을 형제와 같이 사랑할 줄 알고, 남의 고통과 아픔을 나의 형제의 고통과 아픔처럼 느낄 만큼 공감하게 될 때 새 날은 비로소 밝아 온다는 것입니다.

사랑의 찬가

우리는 참으로 사랑할 줄 압니까? 누군가가 성서(1고린 13,4-7)에 나오는 사도 바오로의 '사랑의 찬가' 즉 '사랑은 오래 참습니다. 사랑은 친절합니다. 시기하지 않습니다. 자랑하지 않습니다. 교만하지 않습니다…'에서 '사랑' 대신 '나'를 대입하여 보아라, 그리고 반성해 보아라, 그러면 네가 참으로 사랑을 지닌 사람인지 아닌지를 알 수 있다고 말했습니다.

나는 오래 참습니다.

나는 친절합니다.

나는 시기하지도 않습니다.

나는 자랑하지도 않습니다.

나는 교만하지 않습니다.

나는 무례하지 않습니다.

나는 사욕을 품지 않습니다.

나는 성을 내지 않습니다.

나는 앙심을 품지 않습니다.

나는 불의를 보고 기뻐하지 아니하고

진리를 보고 기뻐합니다.

나는 모든 것을 덮어 주고

모든 것을 믿고

모든 것을 바라고

모든 것을 견디어 냅니다.

우리 중의 누가 이 반성에서 이 채점에서 "나는 합격이야!"라고 말할 수 있는 사람이 있습니까? 우선 나부터 낙제일 것입니다. 그리고 알 수는 없지만 많은 분들도 아마 "나도 낙제다!"라고 말할 것입니다. 이처럼 '사랑'이라는 말은 하기도 쉽고 실제로 많이 쓰는데 참으로 사랑하기가 왜 이렇듯 힘이 듭니까? 누구도 사랑이 제일 좋은 줄 알고 사랑이 있으면 우리의 모든 문제, 가정의 문제, 사회의 문제, 교회의 문제, 온 세계의 문제가 다 해결될 수 있는 줄 알고 있습니다. 그런데 우리는 이것을 잘 알면서도 자비심을 가지지 못합니다. 남을 믿지도 사랑하지도 못합니다.

그런데 내가 보기에는 누군가가 사랑하지 못하는 마음을 바꾸어 사랑할 수 있게 한다면, 이것이야말로 기적이요, 가장 큰 기적이라 생각합니다.

고통은 겸손과 인내와
사랑을 깨우치게 합니다

어떤 좋은 일도 고통을 통하지 않고서는 이룩되는 것이 없습니다. 운동 선수들도 많은 피땀을 흘리고 지옥훈련이라 불리는 엄청난 고통이 수반되는 훈련을 통해서 훌륭한 선수가 됩니다. 학교 공부나 사회생활 모든 면에 있어서도 노력과 희생 없이는 그 어떤 것도 성취할 수 없습니다. 요행으로 얻은 것은 잃기 쉽고 때로는 얻지 않은 것보다도 못한 불행을 가져올 수도 있습니다. 인생에 있어서도 무슨 일이든 성공을 하려면 시련과 고통의 과정을 겪어야 합니다.

주님, 감사합니다. 고통을 체험하지 않았다면

그 중에서도 자신이 뜻한 바를 이루지 못한 까닭에 느끼는

인간적인 심한 고뇌를 몰랐다면

역경과 질병을 체험하지 않았다면

좌절을 맛보지 않았다면

자신에게서 벗어나 당신을 찾으려 하지 않았을 테니까요.

주님!

실패를 통하여 놀라움 속에서

저는 당신을 보았습니다.

당신의 세계와 저의 가난을 잘 알았습니다.

당신이 이끄시는 대로 나를 감싸는 당신 섭리에 신뢰하여

감사하는 마음으로 살아가게 해 주십시오.

-김수환 추기경

남을 먼저 생각하는 마음

우리 인간의 '죄'란 무엇일까요? 왜 이 세상에는 죄악과 불행이 가득합니까? 그 근본은 이기주의에 있습니다. 모두가 남보다는 자기를 먼저 생각하고 자기중심적으로 살고 있기 때문에, 남을 거스르고 미워하고 해치고 죽이는 죄악이 범람하기에 인간세계는 오늘까지 구원되지 못합니다. 우리는 혹시 자기는 남보다 덜 이기적이라고 생각할 지 모르겠습니다만, 그런 심리가 벌써 남을 깔보고 자기를 앞세우는 자기중심적인 이기주의입니다.

어떤 분이 쓴 책을 보니 인간은 누구나 자기의 죄를 계산하는 저울과 타인의 죄를 달아보는 저울을 갖고 있는데, 같은 잘못을 두고 남이 한 것은 호되게 비판하거나 적어도 속으로 단죄하면서도 자기가 한 짓에는 이유를 붙이고 변명을 해서 가볍게 생각한다는 것입니다.

　우리 중 누구도 이런 이기심이 없다고 말할 수는 없을 것입니다. 그 때문에 인간의 구원은 이 이기심에서 벗어나는 데서부터 옵니다. 자기 자신 역시 남과 같이 가난하고 불행할지라도 자기보다 남을 먼저 생각할 줄 안다면 거기서 인간의 구원은 시작될 것입니다.

여러분은 어디에 계십니까?

내가 보기에 우리를 지배하고, 또 우리가 의식, 무의식 중에 따르고 있는 가치관은 내적인 것이 아니라 외적인 것, 물질적인 것으로 보입니다. 구체적으로 돈, 권력, 향락 등 외적인 것이 인생의 목표인 것처럼 생각하고 이를 얻기 위해서 물불을 가리지 않고 자신의 이익만 찾아서 뛰고 있는 것같이 보입니다. 이런 것을 '얻느냐, 못 얻느냐'에 인생의 의미, 삶의 행복, 나아가 우리 사회가 나라 전체의 발전까지 좌우되는 것인 양 생각하고 이것을 향해 줄 서 있는 것처럼 보입니다.

물론 나는 경제적으로 잘 사는 것이 나쁘다고 생각하지는 않습니다. 그러나 돈을 많이 버는 한 국가, 한 민족이

발전을 지상목표로 삼는다고 해서 참으로 인간적이고 정신적인 가치로서의 풍요로운 사회가 되지는 않습니다.

돈이 많으면 돈으로 향락을 사기 쉽고, 이기주의가 되기 쉽고, 따라서 타락과 부패의 자유가 늘어날 것입니다. 결코 윤리적 가치가 향상되고 자유가 늘어난다는 보장이 없습니다.

뿐만 아니라 그것을 위해 인간의 기본권 존중을 비롯하여 인간의 존엄성 자체까지 무시했을 때, 과연 그런 정신적·윤리적 공백 속에서 인간부재 속에서 경제발전 자체가 제대로 성취될 수 있을지도 의심스럽습니다.

우리는 마음의 비리를 청산해야 합니다. 우리의 고질적 병폐인 한탕주의, 돈을 벌기 위해서는 수단방법을 가리지 않는 몰양심적·비양심적인 탐욕, 황금만능주의, 정치인들 사이에 악과 같이 뿌리내리고 있는 당리당략, 그리고 우리의 마음을 쥐고 흔들게 하는 도덕불감증 등이 청산되지 않고서는 결코 새로운 미래를 건설할 수 없을 것입니다.

참으로 우리 모두가 자신의 과거의 비리, 스스로의 부

정과 비리를 청산하고 새 사람으로 거듭 태어나야 합니다. 정직과 성실이 개개인의 삶과 사회의 정신적 기틀이 되고, 그래서 양심이 회복되고 도덕이 회복되고 신뢰가 회복되어야 합니다.

화해 한다는 것

화해란 무엇입니까? 누구든지 맺힌 것이 있으면 풀고, 용서받을 것이 있으면 겸손히 용서를 청해 받고, 용서해 줄 일이 있으면 용서하여 주고, 모든 사람과의 화목과 사랑을 회복하는 것입니다. 그리스도는 원수까지도 사랑하라고 했습니다. 우리는 정말 한 사람이라도 이같이 사랑할 수 있는가 물을 때, 사랑할 수 있다고 쉽게 답할 수 없을 것입니다.

내게 잘못하는 사람을 한 번 용서해 주는 것도 그리 쉽지는 않습니다. 그런데 나를 끊임없이 미워하고 괴롭히는 사람, 박해하는 사람, 원수까지도 용서해 준다는 것은 인간적으로는 거의 불가능합니다. 여기서도 '나' '자아'

를, 자기 전부를 내던질 수 있는 순교 정신 없이는, 우리는 원수만이 아니라 원수가 아닌 단 한 사람도 올바르게 사랑할 수 없을 것입니다.

많은 분들이 성 프란치스코의 '평화의 기도'를 알고 있습니다. 또 많은 분들이 열심히 이 기도를 바치시리라 믿습니다. 그러나 다시 한번 깊이 생각하면서 이 기도를 진지하게 바쳐 보십시오. 내가 과연 이 기도의 말과 같이 완전한 의미의 '사랑의 도구'가 될 수 있겠는가를 반문해 보십시오.

'미움이 있는 곳에 사랑을, 다툼이 있는 곳에 용서를, 분열이 있는 곳에 일치를, 의혹이 있는 곳에 신앙을, 그릇됨이 있는 곳에 진리를, 절망이 있는 곳에 희망을, 어둠이 있는 곳에 빛을, 슬픔이 있는 곳에 기쁨을 가져다 주는 도구가 될 수 있는가'라고 반문해 보십시오.

'절대로 될 수 없다'고는 말할 수 없습니다만 진정 그렇게 되려면 나는 그 사랑과 용서, 그 일치와 신앙, 그 진리와 희망과 빛과 기쁨을 위해 참으로 완전히 봉헌된 제물이 되어야 합니다. 한마디로 나 자신을 완전히 내맡기는 바로 그 '마음의 가난'이 함께 있어야 합니다.

대화는 곧 경청

대화가 단절되면 서로 못삽니다. 또 대화가 없으면 가정도 파탄되고, 스승과 제자, 성직자와 신자 그리고 정치인과 국민 간에도 마찬가지입니다. 대화가 없으면 그 사회는 존립할 수도, 힘을 기를 수도 없습니다.

내 나름대로 붙인 말입니다만 소위 '살아남기주의', 즉 어떡하면 내가 이 세대에서 살아남느냐 하는 병에 우리 모두가 걸려있는 것 같습니다. 개인 대 개인의 관계에 있어서도 그렇습니다. 예를 들면, "누구를 사랑했는데 내가 배신당했다!" "저 사람을 믿었는데 속았다!" 그러므로 이제는 "남을 믿을 것도 아니고 남을 사랑할 것도 아니다. 이제부터는 내 앞길만 닦자!"는 어떤 심리적인 폐쇄라고 할까, 자기 마음을 꽉 닫고서는 몇 겹으로 문을 잠그고 자물쇠를 채우는 현상이 짙어지고 있습니다.

마음이란 것은 남과 만남으로써 그 문이 열리고, 그래야만 마음이 성장하고 꽃을 피울 것 아니겠습니까? 그런데 폐쇄되어 있으니 마음이 얼어붙고 마는 것입니다. 지금 우리의 상태가 바로 그 얼어붙은 상태입니다. 자꾸 해보지만 속는 것도 많고 배신당하는 것도 많으니 사람들이 자꾸 폐쇄적으로 되어가는 경향을 나타내는데, 본질적으로 인간은 폐쇄되어서는 망하고 맙니다.

사실 내 마음을 남의 마음으로 바꿀 수도 없고, 남의 마음을 내 마음으로 가질 수도 없는 노릇입니다. 역시 어느 정도의 다원성을 인정하는 것이 필요합니다. 한 가지만이 절대적인 것도 아니며 절대적일 수도 없습니다.

그런 의미에서 다원화된 사회에서는 어떤 문제라도 서로가 서로를 존중할 줄 아는 자세가 필요하고, 대화를 할 때 나의 이야기를 상대방에게 주입시키려 하기보다는 상대방의 말을 충분히 들어줄 필요가 있습니다.

둘

보잘것없는 존재를 사랑한다는 것

사랑은 죽음도 이깁니다

'인생고'라고 하면 우리는 가난, 질병, 근심걱정, 죽음 등 고통을 떠올립니다. 그러나 근원적으로 보면, 고통이란 다른 것이 아닙니다. 사랑할래야 사랑할 사람도 없고 사랑받을 수 없는 고독, 자기폐쇄, 고립이 바로 고통입니다.

사랑하는 사람과 함께 있으면 모든 것이 기쁘고 즐겁습니다. 아픈 것도 배고픈 것도 없습니다. 사랑의 극치에서 함께 죽으면, 그래도 행복할 것만 같습니다. 사랑은 죽음보다 강합니다. 생명을 죽일 수도 없습니다. 아니, 오히려 생명을 낳고 기르고 보호합니다. 따라서 고통에 신음하는 사람을 신앙의 입장에서 도와주려면 그를 먼저 자기 자신 밖으로 끌어내야 합니다.

조건 없는 사랑의 마음을 키워가세요

수년 전, 미국 워싱턴에서 비행기 추락사고가 있었습니다. 그때 포토맥강 다리에 부딪혀 떨어진 비행기의 앞부분은 물에 빠졌고 뒤에 탔던 여섯 명 중 한 사람만이 구조되지 못했는데, 그 한 사람에 대한 감동적인 이야기가 있습니다.

비행기가 추락하자 근처에 있던 경찰 헬기가 즉시 구조에 나섰고 구원을 요청하는 이들에게 구명줄을 내려 주었는데 50대쯤 되어 보이는 남자가 그 줄을 받아서 매번 옆 사람에게 주었답니다. 그래서 다른 사람들은 구조되었고 마지막으로 이 50대 남자를 구하기 위해서 헬기가 다시 갔을 때에는 물 속으로 사라지고 없었다고 합니다.

헬기 조종사들은 자신들이 지금까지 극한 상황 속에서 영웅적으로 남을 돕는 사람을 보았지만, 이 사람처럼 헌신적인 사람은 본 일이 없다고 말하면서 그를 구하지 못한 것을 못내 아쉬워하였습니다.

참으로 감동적인 이야기입니다. 그런데 나중에 이 남자는 발이 삐어서 부득이 구명줄을 남에게 줄 수 밖에 없었다는 이야기도 들렸습니다. 이런 이야기를 듣고 나면 아름다운 감동이 감소될 것 같지만 나는 그래도 이 남자의 아름다운 마음씨에는 변함이 없다고 생각합니다. 오히려 더 아름답게 보입니다. 설령 발이 묶여 할 수 없이 그렇게 되었다 해도 그가 보여준 자세만은 헌신적입니다.

사람은 자신이 구원받지 못한다는 절망적인 상황 속에서 남을 생각해주기는 힘듭니다. 내가 살 수 없을 바에야 남까지 살지 못했으면 하는 충동을 지니기 쉬운 게 인간입니다. 그런데 이 남자는 자신이 구조될 수 없다는 절망적 상황에서도 남이 살 수 있게끔 도왔습니다. 얼마나 아름다운 마음씨입니까?

그는 다른 사람들이 누구인지 몰랐습니다. 그의 이름을

모르는 것을 보면, 그들은 서로 모르는 사이였습니다. 그런데도 그는 생명의 줄을 남에게 건네주었습니다. 어쩌면 그는 자진해서 하지 않았을지도 모릅니다. 그러나 자신의 절망적 상태 속에서 남을 생각하는 마음은 참된 사랑의 마음입니다.

세상이 아무리 각박해도 인간 속에 이런 마음이 있어서 견디어 내는 것 같습니다. 이런 사랑의 마음은 우리에게도 있습니다. 우리가 이 사랑의 마음을 키워갈 때 세상은 빛과 희망을 얻습니다. 그리고 우리는 사랑할 때에만 그 사랑으로 사람을 깊이 알 수 있습니다.

참된 지식, 지혜는 참된 사랑을 얻습니다. 인간의 삶의 목적, 인간의 내재적 신비까지도 압니다. 또한 조건 없이 자신을 내줄 만큼 사랑할 줄 아는 사람이 가장 자유를 누리는 사람입니다.

보잘것없는 존재를 사랑한다는 것

우리말에 '3년 병에 효자 없다'는 말이 있습니다. 아무리 효자라도 3년씩이나 아버지 또는 어머니가 병을 앓게 되면 효성을 다할 수 없다는 말입니다. 이 말은 결국 병상의 부모를 소홀히 하기 쉽고 마음으로는 빨리 돌아가셨으면 하는 심리까지도 있다는 것을 뜻합니다.

이것은 이해할 만합니다. 누구도 그럴 것입니다. 그러나 병자 본인의 입장으로 볼 때에는 슬픈 일이 아닐 수 없습니다. 인간이 가장 사랑이 필요할 때는 바로 이럴 때입니다. 보잘것없는 존재, 쓸모없는 존재가 되었을 때 무엇보다도 사랑이 필요합니다. 하지만 인간의 사랑은 바로 그런 때에 물러서고 맙니다.

예수님이 "내가 굶주렸을 때에 먹을 것을 주었고, 내가 목말랐을 때에 마실 것을 주었으며 내가 병들었을 때에 찾아 주었다"고 하면서 "가장 보잘것없는 형제 하나에게 해준 것이 곧 나에게 해준 것"이라고 한 말씀은 바로 이런 때를 두고 한 말씀같이 생각됩니다. 우리는 누구나 자신이 바로 그런 상태에 언젠가는 놓일 수 있다는 것을 알아야 합니다. 나는 사랑의 돌봄이 가장 필요한 그때, 곧 인간으로부터 사랑을 기대할 수 없는 상태에서 나를 버리지 않는 사랑은 반드시 있어야 한다고 믿습니다. 이런 경우의 사랑은 인간의 사랑이 아닙니다. 그것은 그리스도의 사랑이요 하느님의 사랑입니다.

용서하는 마음

용서는 우리 사회가 인간다운 사회가 되기 위해 절대로 필요합니다. 우리 사회는 너무나 각박합니다. 미움과 대립으로 분열되어 갈 위험이 커 가고 있습니다. 지역간, 계층간, 노사간, 사제지간, 부모자식간, 부부간, 형제간 등 어디고간에 상처가 나고 균열과 내출혈을 하고 있지 않은 곳이 없습니다. 그런 가운데 모든 이가 죽자살자 목숨을 걸다시피 생존경쟁에 치닫고 있습니다.

너무나 오랫동안 독재정치에 시달렸고 물질 위주의 발전이 큰 원인이겠습니다만, 더 깊고 근원적으로 우리에게 필요한 것은 서로간에 이해와 양보심이 있고 공덕심이 있어서 모두가 공동의 이익, 나라와 겨레의 이익을 추구하는 것입니다. 그런 이해와 양보하는 마음은 서로 받아 주는 마음, 용서에 그 뿌리를 두고 있습니다.

이 용서하는 마음이야말로 오늘의 우리 사회, 가정, 학교, 직장, 그리고 우리나라를 살리는 데 가장 요구되는 덕목입니다. 그것은 곧 예수님의 마음이요 하느님의 마음이기도 합니다.

진정한 사랑은 자기 희생에서 옵니다

사람의 마음에 감동을 주고 변화를 시키는 것은 사랑입니다. 누군가가 나를 위해 온갖 시련과 고통을 다 겪고, 나의 모든 잘못을 받아 주고 용서해 준다면 우리는 그런 사랑 앞에서 마음의 감동을 아니 느낄 수 없을 것입니다.

우리는 가끔 오늘과 같이 인정이 메마르고 삭막한 세상 속에서도 아름다운 이웃사랑 실천의 이야기를 들으며 감동을 느끼고, 거기에 인간의 참됨이 있고 또 그 사랑이 인간을 구원할 수 있다는 것을 깨닫게 됩니다. 여기서 우리는 예수님이 왜 우리를 구원하기 위해 죽음, 그것도 십자가의 죽음을 택하였는지 어느 정도 이해할 수 있지 않을까 생각합니다.

어떤 분이 쓴 책에서 이런 글을 읽었습니다.

"누가 불타는 집에서 아기를 구해내기 위해서 자신이 그 불타는 집 속에 뛰어들어가 불길에 상처를 입을 위험을 무릅쓰지 않고서 어떻게 그 아기를 구해낼 수 있는가?"

이 말은 왜 예수님이 우리가 사는 죄와 죽음의 세상 속으로 들어오고, 또 죄와 죽음에 갇혀 있는 우리를 구하기 위해서 스스로 십자가 죽음을 택하였는지에 대해 이해하게끔 해줍니다. 우리는 불타는 집에 갇혀 있는 아기와 같습니다. 나 자신의 힘으로는 도저히 나를 구할 수 없습니다. 누군가가 내가 갇혀 있는 불 속에 들어와 나를 안아서 건져내 주지 않으면 나는 살 길이 없습니다.

진리와 정의

도산 안창호 선생은 다음과 같은 교훈을 겨레에 남겼습니다. "진리는 반드시 따르는 사람이 있고, 정의는 반드시 이룩될 날이 있다. 죽더라도 거짓이 없어라!" 이 말을 우리 모두가 오늘 이 시간 마음 속 깊이 새겨야 하겠습니다. 도산 안창호 선생이 독립운동을 할 때에, 그 독립운동은 아주 고귀한 목적이었습니다. 그러나 내가 그를 더욱 존경하게 된 것은 독립운동을 하면서 그가 취한 태도랄까, 철학적 자세에 있습니다.

그는 어디까지나 진실을 바탕으로 해서 민족의 독립과 자주를 차지해야 된다고 외쳤습니다. 독립투쟁을 한 분 중에서 안창호 선생 같은 분이 없다고 봅니다. 여기서 우리가 생각해야 될 것은 목적이 아무리 고귀하다 하더라도 목적에 달하는 과정이 고귀한 목적에 수반될 만큼 고귀하지 않으면 안 된다는 점입니다. 과정을 무시하고, 과정은 어떤 과정을 써도 좋다고 하면 큰 문제입니다. 결코 목적이 수단을 정당화시킬 수는 없습니다. 세계적으로 존경을 받았다고 볼 수 있는 인도의 간디도 같은 말을 했습니다. 그분은 인도 민족의 독립 투쟁을 취하면서 만일 진리를 희생시켜서 독립을 얻어야 한다면, 차라리 인도 민족의 독립을 포기하겠다는 것과 비슷한 뜻의 말을 했습니다.

남성과 여성의 조화

인간에게 남성과 여성이 있다는 것은 확실합니다.

인간이라는 것은 남성만도 아니고 여성만도 아니고……. 그리고 인간이 인간다워지기 위해서는 이 양성이 조화를 이루어야 하는데, 이 조화라는 것이 꼭 양성이 같다는 이야기는 아닙니다. 남성의 특유한 점, 여성의 특유한 점이라 하면 남성은 '머리', 여성은 '마음'이 아닐까 싶습니다.

여기서 '마음'이 더 높으냐, '머리'가 더 높으냐를 가리기는 어려울 것입니다. 물론 위치상으로는 머리가 더 위에 있지만, 그 가치로 따질 때 어느 것이 위인지 가릴 수는 없다고 봅니다. '마음 없는 머리' '머리 없는 마음'은 생각할 수 없는 것 아니겠습니까?

이렇게 보면, 성서에서 말하고 있는 아담과 하와의 이야기는 상당히 상징적인 의미가 있다고 봅니다. 남자와 여자가 한 몸에서 나왔다, 남성과 여성이 사랑할 때도 '이 사람은 바로 내 몸이다'라고 생각할 때, 그 사랑이 '완전한 것'이라고 봅니다.

여성들은 그 나온 장소에 너무 신경을 쓰는 것 같은데, 사실 옆구리라는 것은 옆에 있다는 말이고, 그것은 '동반자'라는 뜻입니다. 인생의 동반자, '늘 함께 있어야 하는 사람'이라고 해석할 때, 여기에는 굉장히 아름다운 상징이 깃들어 있다고 생각합니다.

구두쇠 떡장수 할머니 이야기

어느 떡장수 할머니가 있었는데 아주 구두쇠였다고 합니다. 단돈 한푼, 남을 위해 쓸 줄도 모르고 돈을 버는 데만 억척같이 살다가 어느날 죽어서 하느님 앞에 나가서 심판을 받게 되었습니다.

성 미카엘 대천사가 쥐고 있는 심판대 저울에 할머니가 평생 산 것이 달리게 되었습니다. 그러나 불행히도 할머니는 구두쇠로만 살았기 때문에 '선(善)'쪽은 아무 것도 없고 '악(惡)'쪽으로만 푹 기울어졌습니다. 할머니의 비탄은 이만저만이 아니었습니다. '이젠 영락없이 죽었구나! 영원히 지옥불에서 어떻게 산담!' 하고 절망에 빠졌습니다.

이 모습을 본 하느님이 딱하게 생각하여 "무엇 없습니까?"라고 물었는데, 바로 그때 할머니의 수호천사가 "잠깐만!"하고는 어디선지 떡을 한 개 내어서 저울의 '선'쪽에 올려놓았습니다. 아, 그랬더니 저울이 아주 힘겹게 선과 악의 어느 쪽이 더 무거운지를 구별할 수 없을 만큼 간들간들하게 되었습니다. 거기다가 하느님이 자비의 입김을 약간 불었더니, 그만 '선'쪽으로 확 기울어져서 할머니가 구원되었다는 것입니다. 그 떡이 무엇이냐 하면 할머니가 워낙 구두쇠라서 남을 동정할 줄 몰랐지만 언젠가 딱 한 번 굶주림으로 못 견디는 거지를 보고 측은한 생각이 들어 떡을 큼직하게 잘라 준 일이 있었다는 것입니다.

이것은 물론 지어낸 이야기이고 이웃에 대한 사랑이나 자선만이 우리를 영생으로 구해준다는 것을 강조하기 위한 예화입니다. 이 예화를 읽고 우리는 주님의 심판대 앞에 섰을 때를 상상하지 않을 수 없습니다. 마태오복음에 보면 이 세상 종말의 심판 때 예수님은 모든 사람을 각자의 삶에 따라서 양과 염소를 가르듯 나누는데, 양은 오른 쪽에, 염소는 왼쪽에 서게 됩니다. 양은 '영원한 생명'을 얻고, 염소는 '영원한 죽음'으로 단죄됩니다.

그럼 우리는 그 어느 쪽에 서게 될 것인지 생각해 보지 않을 수 없습니다. 우리 중에서 '나'는 절대로 염소 아닌 양의 편에 설 것이라고 자신할 수 있는 사람이 있습니까? 아마 드물 것입니다. 그렇다면 큰일입니다. 그것은 결국 우리가 이웃사랑을 살지 않고 있다는 말이요, 회개하지 않으면 영생을 잃을 위험이 있다는 말입니다.

이웃 사랑을 함으로써 그리스도를 따르는 것은 그리 복잡한 것도 멀리 있는 것도 아닙니다. 바로 내 옆에 있는 가장 보잘것없는 형제를 사랑하는 것입니다. 내가 잘 아는 사람 중에 아무개는 절대로 받아들일 수 없다고 생각하는 사람이 있다면 그와 화해하고, 그에게 사랑하는 마음을 지니게끔 해야하는 것입니다. 나에게 소외당하고 배척당한 이웃을 우리 각자가 받아들이기 시작할 때 하느님이 우리 안에 계시고 우리의 신앙공동체는 겉도는 공동체가 아니라 위로와 힘을 지닌 복음의 증거자, 사도가 될 수 있을 것입니다.

가난함은 곧 자유입니다

가난해진다는 것은 단순히 빈털터리가 되는 것이 아닙니다. 그것은 돈이나 어떤 소유도 하지 않는 데에서 비롯되는 모든 결과까지를 포함합니다. 가난하였기 때문에 그분은 가진 이들처럼 어떤 지위도 차지하지 않았습니다. 부자와 정치가들이 만끽하는 권력도 누리지 않았습니다. 사회적으로나 학벌에 있어서도 어떤 공적인 타이틀을 갖지 않았습니다. 이 세상의 가치 관념에 비추어 보면 전적으로 무력하기만 하였습니다.

그래서 그분은 가난한 이들과 많은 것을 나누었습니다. 즉, 멸시받고 소외당하고 잊혀지고 거부당하고 웃음거리가 되고 업신여김을 받았습니다. 그분은 가난한 이들의 외로움과 소외감, 불안정과 약함을 나누었던 것입니다.

그러나 이 모든 것은 그분의 가난의 의미를 다만 반밖에 표현하지 못합니다. 그분은 가진 이들의 돈, 권력, 지위를 나누지 않았지만, 보다 중요한 것은 이 모든 것을 원하지조차 않았다는 사실입니다. 그분은 결코 이것에 대한 어떤 욕구도 갖지 않았습니다. 여기서 우리는 하느님의 가난함이 얼마나 자유로운 것인가를 알 수 있습니다.

진정으로 필요하지 않은 것을 요구하지 않으며, 필요한 것도 원하지 않는 것, 이것이 바로 하느님의 가난함입니다. 우리가 필요치 않은 것을 요구하고 원하는 한 우리는 하느님처럼 가난하지도 자유롭지도 않을 것입니다.

행복선언(진복팔단:眞福八端)이란?

예수님께서 하느님 나라의 도래와 하느님 나라의 요구인 율법의 참뜻을 가르치면서 사람으로 하여금 참된 행복에 이르게 하는 것이 어떤 것인지를 여덟 가지 말씀으로 밝혀 주신 것을 행복선언(진복팔단:眞福八端)이라 합니다.

하나. "복되어라, 영으로 가난한 사람들! 하늘나라가 그들의 것이다."(마태 5,3.)

"영으로 가난한 사람"은 "다만 하느님께 의지하는 자, 또는 의탁하는 자"라고 번역될 수 있는 것으로 이는 자기의 재능이나 건강, 재물, 인간관계 등이 마지막까지 신뢰할 수 있는 것이 아님을 알기 때문에 겸손하게 모든 희망을 하느님께 두고 자기의 행복을 오로지 하느님께만 바라는 사람을 가리키는 말씀입니다.

둘. "복되어라, 슬퍼하는 사람들! 그들은 위로를 받으리라."(마태 5,4.)

가난하고, 고통받으며 우는 이들에게 하느님의 위로는 기쁨과 희망의 원천이며 그들에게 함께 머물러 주신다는 약속의 말씀입니다.

셋. "복되어라, 온유한 사람들! 그들은 땅을 상속받으리라."(마태 5,5.)

타인의 잘못이나 악행을 자신의 선과 초연함으로써 그를 포용해 주는 덕목을 지니는 사람은 하늘 나라를 상속받는다는 말씀입니다.

넷. "복되어라, 의로움에 굶주리고 목마른 사람들! 그들은 배부르게 되리라."(마태 5,6.)

의로움이란 하느님의 뜻을 행하는 사람을 말하고 하느

님의 뜻을 행하기를 갈망하는 사람은 그 일을 성취하게 된다는 말씀입니다.

다섯. "복되어라, 자비를 베푸는 사람들! 그들은 자비를 받으리라."(마태 5,7.)

하느님은 제사를 원하지 않고 자비를 바라고 계십니다.

하느님의 자비로우심을 본받아 그 자비를 베푸는 사람은 하느님으로부터 구원을 받게 된다는 말씀입니다.

여섯. "복되어라, 마음이 깨끗한 사람들! 그들은 하느님을 뵙게 되리라."(마태 5,8.)

마음이 깨끗하다는 것은 죄로 인해 하느님과 장애가 있지 않은 영의 맑음을 뜻하고 있으며 그들은 하느님을 뵙게 된다는 말씀입니다.

일곱. "복되어라, 평화를 이룩하는 사람들! 그들은 하느님의 아들들이라 일컬어지게 되리라."(마태 5,9.)

평화를 이룩하는 사람들은 개인적 또는 사회적 차원에

서 이해와 화해를 증진시키려고 적극적으로 투신하는 사람들이므로 그들은 하느님의 아들로 칭호를 받게된다는 말씀입니다.

여덟. "복되어라, 의로움 때문에 박해를 받는 사람들! 하늘 나라가 그들의 것이다."(마태 5,10.)

하느님의 뜻과 일을 위하여 자신을 투신하고 생명을 바치는 사람은 하느님 나라를 상속받는다는 말씀입니다.

우리 시대의 '작은 예수'

미국을 훌륭한 나라라고 하는 이유는 기술적인 측면도 있겠지만, 무엇보다 장애자들을 위한 복지 정책에 결코 소홀하지 않기 때문일 것이라는 생각이 듭니다. 장애자들을 우리 마음속에서부터 우리와 동등한 인간으로 생각할 때 우리 자신도 진정한 인간이 되고, 이러한 생각들이 모든 국민들에게 확산될 때, 비로소 이 나라도 선진국으로 향할 수 있을 것입니다.

많은 장애자 시설이 겪고 있는 큰 어려움 가운데 하나는 이웃들이 받아주지 않는다는 겁니다. 어느 동네에 정착하려면 주민들이 데모를 하는데 병신들이 가까이 살면 자녀 교육상 좋지 않다는 것이 그 이유입니다.

하지만 이것은 정반대입니다. 자기들의 그러한 행동이 오히려 자녀 교육에 전혀 도움이 안 됩니다. 심지어 양로원 설립까지 반대하는데, 이것은 천벌을 받을 일입니다.

사실, 신체의 장애는 인간 존재의 본질적 차원에 있어서는 아무런 문제가 되지 않습니다. 오히려 영생을 얻기 위해 필연적으로 거쳐야하는 죽음은 인간 신체의 완전 장애 상태를 의미하는 것이 아니고 무엇이겠습니까?

생명을 내신 하느님을 알아보지 못하고 그분의 깊은 사랑을 깨닫지 못하는 영적 장애 상태야말로 영원한 생명에 대한 희망을 전혀 가질 수 없는 암흑의 상태라 할 것입니다.

바로 그런 의미에서, 인간은 누구나 장애인이며, 우리 스스로가 장애인이라는 자각을 통해서 치유자이신 예수 그리스도를 만나 그분 안에서 새로 태어남으로서 영원한 생명의 나라에 들어갈 수 있게 되는 것입니다.

그렇기에 장애인들은 거추장스럽기만한 짐이 아니며, 우리를 대신하여 십자가를 진 이 시대의 '작은 예수'입니다. 그분들은 우리 공동체를 더욱 심화시키고 풍요롭게 하는 '은총의 선물'이며 이 선물은 우리가 그들의 삶에 깊이 동참하고 함께 나눌 때에만 비로소 우리 안에 풍요롭게 열매맺는 선물이 될 것입니다.

당신의 '밥'이 되겠습니다

서울에서 열렸던 세계성체대회를 준비하는 중에, 내가 특별히 관심을 두었던 말은 '우리의 밥이 되기까지 하신 주님'이라는 것이었습니다. 이 말은 외국어로 '생명의 빵', 영어로는 '부수어지고 바스러진 빵(Broken Bread, Broken and Crashed Bread)'이라고 표현하기도 합니다만 우리는 그냥 '밥이 되었다'라고 쓰고 있습니다.

여기서 나는 '밥'이라는 단어에 대해 '빵'을 단지 '밥'으로 바꾼다는 의미로서가 아니라 '남의 밥이 된다'고 할 때 갖는 의미를 생각해 보았습니다.

우리가 흔히 "저 사람은 우리 밥이야"라는 말을 사용하는데 이 얼마나 남을 무시하는 말입니까? 그렇지만 주님은 그렇게까지 우리를 위해서 당신을 낮추고 비우신 것입니다. 정말 남의 밥이 될 만큼 아무것도 아닌 것이 되었습니다. 이 뜻을 회상하면서 많은 분들에게 크리스마스 카드를 보낼 때 '밥이 되자' 혹은 '내가 밥이 될 수 있도록 기도해 달라'는 말을 많이 했습니다. 물론 여기에는 한국 교회도 정말 이 사회의 모든 굶주린 이들, 목마른 이들을 위해서 '밥'이 될 만큼 자기를 내놓을 수 있다면 얼마나 좋겠는가 하는 소망이 담겨져 있었습니다.

오늘 우리 사회가 전체적으로 지니고 있는 가치관은 치열한 생존경쟁 속에서 '나는 결코 남의 밥이 될 수 없다'는 것입니다. 나는 '남의 밥이 될 수 없다'는 것만이 아니라 오히려 남을 '자기의 밥'으로 삼으려고 하는 가치관 속에 살고 있습니다. 바로 이런 것 때문에 인권 유린을 자행하는 각종 사회 문제가 일어나는 것입니다.

그러므로 우리가 예수님이 '밥'이 되기까지 하신 그 정신을 깊이 깨닫고 산다면 절대로 남의 밥이 될 수 없다는 자기중심적이고 약육강식의 논리에 사로잡힌 이 사회를 구할 수 있지 않을까 생각합니다.

셋

영혼을 감동시키는 침묵의 힘

가난의 문제는
고르지 못한 데에 있습니다

    가난은 가난 그 자체로서 문제되기보다는 고르지 못한 데서 문제되는 것입니다. 정직하고 성실한 사람이 뒤에 처지고, 그렇지 못한 사람이 앞질러 가는 데서 사회 정의의 문제가 심각히 제기되는 것입니다.

    우리 사회에는 부지불식간에 가지지 못한 사람과 가진 사람 사이의 위화감이 상당할 정도로 팽배해 있습니다. 동창이나 혹은 가족 사이에서도 가진 사람과 가지지 못한 사람 사이의 위화감과 거리감을 유발시키고 있습니다.

    이러한 상대적 빈곤의식과 위화감은 또 다른 측면에서 우리 공동체의 화해와 일치를 저해하는 중요한 요소로 등장하고 있는 것입니다.

또한 우리나라에서의 가난의 문제는 자신이 게으르다거나 낭비에서 비롯되거나 하는, 즉 가난이 '제 탓'으로만 연유하는 것이 아니라 사회적 성격을 띠고 있습니다.

고향에서 쫓아낸 것은 아니지만 농촌에서는 도저히 살 수 없어 고향을 등지고 나온 사람이 달동네에 와서 정착합니다. 여기는 일종의 전진기지이기 때문에 서양에서 도시 패배자들이 사는 지역과는 비교가 되지 않을 만큼 생활하는 모습이 건실하고 도덕적으로 건강합니다.

그런데 이제는 다시 도시의 전시 행정에 밀려 쫓겨납니다. 단순히 주거가 헐리는 것이 아니라 도시 정착에의 모든 꿈, 삶의 터전, 가난하지만 서로 돕고 건실하게 사는 삶의 방식까지 빼앗기게 됩니다. 여기서 철거민의 문제가 나오는데, 정치가 그들의 눈물을 닦아 주지는 못할 망정 그들의 눈에서 피눈물을 흘리게 하는 것은 차마 못 볼 일이요, 있어서는 안 될 일입니다.

노동자와 농민의 문제도 마찬가지입니다. 노동자와 그 가족 그리고 농민을 합치면, 우리나라 전체 인구의 3분의 2를 차지할 것입니다. 이들의 삶의 조건은 이 나라 국민의 '삶의 질'을 가늠하는데, 이들의 인간다운 대접의 요구와 호소를 단지 치안 차원에서만 대처할 수 있겠습니까?

이들도 가난의 구조와 원인을 알려고 하고 있고, 또 알고 있습니다. 우리는 차제에 정치적 민주화와 함께 모든 인간에게 인간다운 존엄이 지켜지는 가운데 더불어 함께 인간답게 살 수 있는 사회 정의와 화해를 추구하는 '사랑의 경제'로 전환해야 할 때라고 생각합니다.

가난한 사람들은 오랜 소외와 희생 속에서 사랑과 화해에 굶주려있습니다. 그들에게 이 시대 우리 모두의 사랑을 말로만이 아니라 마음 깊은 곳에서부터 우러나오는 현실을 통해 보여 주어야 합니다.

영혼을 감동시키는 침묵의 힘

마더 데레사 수녀는 사람들의 영혼을 감동시키기 위해서는 침묵이 절대로 필요하다면서 다음과 같이 말씀하였습니다.

"우리는 하느님을 반드시 찾아야 합니다. 소란하고 들뜬 마음으로는 하느님을 만날 수 없습니다. 하느님은 침묵의 벗입니다. 나무와 꽃, 풀과 같은 자연을 살펴보십시오. 침묵 중에 자라고 있습니다. 태양과 달, 하늘의 별들을 보십시오. 역시 잠잠히 침묵 중에 움직이고 있지 않습니까?"

"우리의 사명은 하느님을 빈민 중에 사는 가난한 이들에게 전해 주는 것이 아닙니까? 우리가 전해야 하는 하느님은 죽은 하느님이 아니라 살아 계시고 사랑스런 하느님이십니다. 더 많이 침묵기도 속에 빠질수록 더 많이 실생활 속에서 찾을 수 있습니다."

이 말씀에 비추어 볼 때, 하느님은 내 안에 살아 계셔야 합니다.

기도 없이 하느님이 내 안에서 '살아 계신 하느님'으로 체험하고 다른 이들에게 줄 수 있겠습니까? 내가 나 자신을 텅 비워서 하느님께 자리를 드릴 때, 하느님은 살아 계시고 살아 계신 하느님으로 우리의 말이나 삶을 통해서 드러나는 것입니다. 때문에 깊은 내적 침묵은 참으로 우리에게 필요합니다.

거울같이 맑은 마음

명경지수(明鏡止水)란 말이 있습니다. 요즘 이 말의 참 뜻을 가끔 생각하는데 거울같이 맑은 마음, 사심(邪心)이라는 것은 조금도 없고 깨끗하게 자기 자신을 볼 수 있을 뿐아니라 그 거울 속에서 자기가 해야 될 일을 똑바로 볼 줄 알고, 또한 그 일을 용기 있게 헌신적으로 추진해 나갔더라면, 오늘날 우리가 처해 있듯이 이렇듯 어려운 처지에는 와 있지 않았겠다는 생각이 듭니다.

보다 많은 사람들의 불행을 지도층에 있는 사람들이 덜어 주었어야 했는데 덜어 주지 못한 것 같습니다. 많은 사람들의 슬픔, 많은 사람들의 가슴 속에 맺혀 있는 한(恨), 이런 것들은 지도적 위치에 있는 사람들이 양심적으로 행동하지 않았기 때문에 더욱 커지는 것 같습니다. 어디 가서 고행을 하든지 보속(補贖)을 하든지, 모두 한 자리에 모여서 너나 없이 흉금을 터놓는 고행의 시간을 가져야 되지 않을까 반성도 해봅니다.

말씀의 실상

영혼의 눈에 끼었던

무명(無名)의 백태가 벗겨지며

나를 에워싼 만유일체(萬有一切)가

말씀임을 깨닫습니다.

노상 무심히 보아오던

손가락이 열 개인 것도

이적(異跡)에나 접하듯

새삼 놀라웁고

창 밖 울타리 한구석

새로 피는 개나리꽃도

부활(復活)의 시범(示範)을 보듯

사뭇 황홀합니다.

창창(蒼蒼)한 우주, 허막(虛漠)의 바다에

모래알보다 작은 내가

말씀의 신령한 그 은혜로

이렇게 역동하고 있음은

상상도 아니요, 기적도 아니요

오래전부터 계획되어 이루어진

실상(實相)임을 이제야 깨닫습니다.

-김수환 추기경 애송시·구상의 시

사람의 마음을 열게 하는 것은
정신이며 사랑입니다

마더 데레사 수녀님이 왔을 때, 우리나라 언론은 온통 난리법석이었습니다. 교회에서 그렇게 표현한 적이 없는데 '살아있는 성녀'라는 타이틀을 갖다 붙이고 그랬습니다. 사람들이 바라고 있는 참된 인간의 모습을 그분에게서 보았기 때문이 아닌가 하는 생각이 들었습니다. 그가 그리스도를 정말 닮으려 했고, 정말 사랑을 실천했기 때문에 그런 것이 아니었겠습니까?

참된 인간에 대해서 굶주리고 있는 오늘의 세계에서 누가 도움을 줄 수 있느냐 했을 때, 권력을 가진 각국의 대통령이냐, 유명한 대학의 학자들이냐, 세계의 유수한 언론인들이냐, 그렇지 않을 겁니다. 정말 그리스도를 닮아서 마음으로 겸손하고 인간을 참으로 사랑하는 소박한 그런 사람들의 진실과 그런 사람들의 메시지가 우리에게 도움이 되는 것입니다.

나폴레옹은 무인으로서는 역사상 가장 위대한 사람 가운데 한 사람입니다. 그 나폴레옹이 '정신의 힘'과 '칼의 힘'을 비교하고는 '정신의 힘'이 결국은 강하다는 말을 한 적이 있습니다. 세계는 '칼'로 정복되는 것이 아니라 '정신'에 의해서만 정복된다는 이야기일 것입니다.

미국 등 몇몇 나라가 오늘날 초대강국으로서 세계에 군림하고 있지만 사람들의 마음을 사로잡고 있지는 못합니다. 사람의 마음을 열게 하는 것은 정신이며 사랑입니다.

사랑이야말로 인간을 구하는 것입니다. 사랑이 있는 정치, 사랑이 있는 경제, 사랑이 있는 체제가 바람직한 것이고 우리가 나아가야 할 지향입니다.

가장 보잘것 없는 사람

'나눔'이란 쉽게 말해서 자기가 가지고 있는 것을 남에게 준다는 것입니다. 물질적인 것만이 아니라 마음을 건네 주어야 합니다. 내 속마음이 아닌 다른 사람을 향해서 활짝 열려 있어야 한다는 뜻입니다. 그러기 위해서는 내 마음의 한 구석, 아니 내 마음 전체가 비어 있어야 합니다.

특히 어려운 사람들, 고통 중에서 우는 사람들을 향하여 더욱 마음을 여는 자세가 되어야 하겠습니다. 우리는 남을 생각할 줄 알고 사랑할 줄 알며 가난한 이웃과 우리의 것을 나눌 줄 알아야 합니다. 우리가 그렇게 살지 않기 때문에 오늘날 우리 주변에는 너무나 많은 이가 가난과 고통 속에 버려져 있습니다. 우리는 경제적으로 중진국

이 되었다고 해도 가진 이들의 자기중심적 과소비만 늘고 있습니다. 먹을 것, 입을 것이 제대로 없고, 집도 없는 절대 빈곤층이 아직 7퍼센트나 됩니다.

참으로 우리가 사랑으로 산다면 이런 형제들의 고통이 덜어질 것은 분명합니다. 바로 내 옆에 있는 가장 보잘것 없는 형제를 사랑하는 것입니다. 그런데 그 보잘것 없는 형제들은 누구입니까?

내가 아는 사람입니까? 모르는 사람입니까?

아는 사람입니다. 또 그는 멀리 있지 않습니다. 가장 가까운 곳에 있습니다. 그리고 결코 거리의 거지처럼 얼굴도 모르고, 이름도 모르고, 성도 모르는 사람이 아닙니다. 얼굴은 물론이요 이름도 성도 알고, 너무나 잘 아는 사람입니다.

그는 바로 나의 아내, 나의 남편, 나의 부모, 나의 형제, 나의 아들과 딸일 수도 있습니다. 그리고 늘 옆에 가까이 있으면 내 마음을 불편하게 하고 부담감을 주는 가난한 사람들, 도시 빈민들, 행려병자들 등 사회로부터 소외된 사람들이 바로 나로부터 버림받은 사람일 수 있습니다.

어떻든 내가 잘 아는 사람입니다. 적어도 알아야 하고 사랑해야 할 사람입니다. 그런데도 사랑하지 않은 사람, 내 마음을 열지 않고 받아들이지 않는 그 사람이 내게 있어서 나로부터 가장 소외된 보잘 것 없는 형제입니다.

이 일은 쉽지 않습니다.

내 마음에 안 드는 사람, 감정적으로 오히려 미워하게 되는 사람, 보기 싫은 사람, 귀찮게 여겨지는 사람을 따뜻하게 대하고 사랑한다는 것은 참으로 쉽지 않습니다. 그것은 자신을 끊고 죽일 때 가능합니다. 또한 자기 자신에 대한 애착은 물론이요, 자기 소유에 대한 애착, 재산에 대한 애착도 끊어야 합니다.

참된 사람

우리 사회에 왜 이렇듯 과소비와 향락 퇴폐문화, 인명 경시 풍조 등 사회 병리 현상이 만연되고 있는가를 생각해 보면, 근본적으로 가치가 전도되었기 때문입니다. 그리고 그 가치 전도가 어디서 비롯되었는가를 살펴보면 '인간이 무엇인가' '인간이 사는 목적이 무엇이냐'에 대해 확실한 답을 가지지 않은 데서 온다고 봅니다.

우리는 지금 먹고 사는 데 바쁩니다. 모두가 다 부지런히 일해 돈을 벌려고 합니다. 그러나 돈 벌고 잘 먹고 잘 입고 좋은 집에 산다고 해서 인간이 정말 만족하고 행복한가 하면 그렇지 않습니다. 돈 있는 사람들일수록 과소비하지만 그런 사람들은 돈은 많지만 마음의 만족을 얻지 못하고 어떻게 할 바를 모르고 있습니다.

　우리나라는 몇십 년 동안 너무나 가난했기 때문에 가난을 면해 보고자 참으로 열심히 일을 해 왔습니다. 모든 것을 경제발전 위주로 추구해 왔습니다. 그러다 보니 그만 참된 것을 잊어버리고 말았습니다. 경제발전은 궁극적으로 인간을 위해서였는데, 오히려 어떤 의미로는 인간을 도구로 쓰는 것 같은 현상을 빚고 말았던 것입니다.

　물론 돈은 필요합니다. 그러나 돈이 인간의 가치를 잴 수 있는 것도 아니고 인간을 정말 행복하게 만들어 주는 것도 아닙니다. 참된 인간이라는 것은 '소유'하는 데 있는 것이 아니라, 어떤 인간이냐 하는 그 '존재'에 있습니다.

마음의 나그네 길

성 아우구스틴은 '주님은 나보다 나에게 더 가까이 계신다'고 하였습니다. 그러나 우리가 우리의 마음속에 현존하는 하느님을 참으로 깨닫고 만나려면 길고도 오랜 '마음의 나그네길' '마음의 순례길'을 가야합니다.

성 아우구스틴은 주님을 만나기까지 오랜 세월 동안 방황하고 방랑도 한 분입니다. 그분은 참으로 주님을 찾았고, 어디 계시는지 알고 싶어했습니다.

그러나 주님은 이미 오래 전부터 자기 안에 와 계셨음을 알고는 고백록에 이렇게 쓰고 있습니다.

늦게야 님을 사랑하였습니다.

이렇듯 오랜, 이렇듯 새로운 아름다움이시여,

늦게야 당신을 사랑했나이다.

내 안에 님이 계시거늘,

나는 밖에서, 나 밖에서 님을 찾아

당신의 아리따운 피조물 속으로

더러운 몸을 쑤셔 넣었사오니!

님은 나와 같이 계시건만,

나는 님과 같이 아니 있었나이다.

당신 안에 있잖으면 존재조차 없을 것들이

이 몸을 붙들고 님에게서 멀리했나이다.

어머니, 성모 마리아

성모 마리아는 산전수전 다 겪고, 그러면서도 그 모든 것을 마음으로 받아들이면서 상처 가득한 자신의 처지를 신앙과 희망을 갖고 인내로써 이겨낸 분입니다.

아들 예수를 마구간에서 출산해야 했던 딱한 여인,

헤로데왕의 칼날을 피하기 위하여 어린 예수를 데리고 이집트 피난길에 올라야 했던 불운의 여인,

아기를 율법의 규정에 따라 성전에 봉헌했을 때 시므온 으로부터 그 아기 때문에 예리한 칼이 심장을 찌르듯 극한의 아픔을 겪으리라 예고받았던 비통한 어머니,

열두살 난 소년 예수를 성전에서 잃고 애태웠던 어머니,

세상과 인류의 구원을 위하여 아들 예수를 남한테 빼앗겨야 했던 고독한 어머니,

드디어 사랑하는 아들의 십자가 처형을 바로 밑에서 지켜보아야 했던 기구한 어머니였습니다.

남을 받아주고 용서하고
사랑하고 자신을 비우세요

인간의 마음은 참으로 간사하고 변덕스럽고 약합니다. 진정으로 한 인간을 어떤 처지에서도 사랑할 수 있는지 의문입니다. 언젠가 미사 중에 옆에서 고약한 냄새가 난 적이 있었습니다. 방귀 냄새인지, 몸에서 나는 것인지, 아주 견디기 힘든 냄새였습니다.

그때 이런 생각을 했습니다. 이 냄새를 풍기는 사람이 누구인지 모르지만 내가 이 사람과 만일 한 방을 쓰고 함께 살아야 한다고 하면 견디어 낼 수 있을까? '없다'는 결론을 내렸습니다. 그러면 나라는 사람은 냄새 하나도 이겨내지 못하는 사람, 그만큼 인간에 대한 나의 사랑이란 보잘것없는 것이라고 생각했습니다. 더욱이 나 자신이 이런 냄새의 주인공이 되지 않으리라고 무엇으로 장담할 수 있습니까?

　나도 지금보다 더 늙어서 볼품없이 될 날이 있을 것입니다. 또 나이가 들면 들수록 사람의 마음은 약하고 노여움을 타기 쉽습니다. 이런 심리가 이미 내 안에 시작되었다는 것을 가끔 느낄 때가 있습니다. 아직은 '추기경님! 추기경님!'하며 거부보다는 사랑과 존경을 더 받는데도 말입니다.

마음의 오염

우리가 살고 있는 현대 세계의 가장 심각한 문제는 자연파괴입니다. 하느님이 마련하신 창조질서가 보전되고 완성으로 나아가기는 커녕, 훼손되고 파괴되어 가고 있습니다.

우리가 일상 생활 중에 가깝게 체험하는 물과 공기의 오염, 주변에 널려 있는 쓰레기 문제로부터 환경 학자들이 심각하게 경고하는 온실 효과에 의한 기온 상승, 산성비, 오존층 파괴 문제에 이르기까지 인간을 둘러싸고 있는 모든 것들이 병들어 가고 있습니다. 하느님이 창조하신 이후, 당신 스스로도 "보시니 좋더라!"고 감탄하는 그 아름답던 자연은 점차 사라져 가고 죽음의 어두운 그림

자가 우리 주변에 드리워지고 있습니다.

문명사적인 관점에서 볼 때, 자연 파괴는 현대 세계를 휩쓸고 있는 물질문명에 그 탓이 있다고 진단합니다. 17세기 산업혁명 이후 비롯된 여러 가지 현상들 - 인구의 도시 집중, 화석연료의 사용, 대량생산 대량소비 체제, 고(高)엔트로피적인 생활 등이 자연의 순환 및 자기 정화체계를 마비시켜고 그것이 오늘날과 같은 자연 파괴 상황을 야기시켰다는 것입니다.

물론 타당한 지적들이며 자연질서를 회복시키기 위하여 이런 것들이 해결되어야 할 것입니다. 그러나 자연 파괴의 보다 근본적인 원인은 인간 내면에서 찾아야 할 것입니다. 왜냐하면 문명의 주체는 인간이기 때문에 물질문명에 어떤 문제점이 있다고 하면 물질문명을 만들어낸 인간에게서 그 원인을 찾아야 합니다.

그리고 우리는 자연 파괴라고 했을 때 그것이 인간에 의한 주변 환경의 파괴만을 의미하는 것이 아님에 주목해야합니다. 인간도 자연의 일부이기에 자연이 파괴되어 간다는 것은 인간의 내면, 인간의 심성, 인간의 도덕성이 파괴되어 간다는 것을 의미합니다.

'인간 환경'이라는 자연과 '인간 내면'이라는 자연은 같은 자연입니다. 오히려 '인간 내면'이 더 근원적인 자연이라고 할 것입니다. 그래서 '인간 내면'이 건강하면 환경도 건강하게 가꿀 수 있으며, '인간 내면'이 병들면 환경에도 그 병이 전염되는 것입니다.

나는 오늘날 만연한 자연 파괴는 인간의 오만과 탐욕에 그 근본적인 원인이 있다고 생각합니다. 인간의 오만과 탐욕은 '인간 내면'에 깊이 박혀있는 죄의 뿌리입니다. 인간의 오만이 자연을 지배의 대상으로 만들고, 인간의 탐욕이 자연을 소유의 대상으로 만듦으로써 자연계에 파괴와 혼란이 초래되었다는 것입니다. 인간의 오만과 탐욕이 산업혁명 이후 발달된 과학과 기계 기술과 결합되어 자연환경을 무분별하고 무차별하게 파괴시키는 물질문명을 만들었던 것입니다.

인간의 오만과 탐욕은 주변 환경을 파괴시키는 데 그치지 않고, 인간 생명을 경시하고 파괴시키는 데까지 치닫고 있습니다. 생명을 경시하고 파괴시킨다는 것은 모든 가치관의 기초를 붕괴시키는 일입니다. 왜냐 하면, 어떠한 가치관도 어떠한 가르침도 어떠한 종교도 생명외경 (生命畏敬)이라는 기초를 무시하고는 존립할 수 없기 때문입니다.

부활의 참뜻

미국의 어느 곳에 쐐인이라는 사람이 외아들과 살고 있었는데, 그 아들이 심한 빈혈로 죽게 되었습니다. 그 때 아버지는 "아들의 앞길이 창창하니 살리고 봐야지" 결심한 끝에 자기 피를 다 뽑아 아들은 살리고 자신은 죽어 갔습니다.

아들은 아버지의 뜨거운 사랑의 피로 살아났다는 것을 황송히 생각하여 꾸준히 노력해서 훌륭한 사람이 되었다고 합니다. 여기서 이 아들이 효자라면 죽은 아버지의 시체를 바라볼 때, 자기 생명의 대가요, 희생의 제물임을 깨달아야 할 것입니다.

또 죽었어야 할 자기 생명을 살리기 위해 죽지 말아야

할 아버지가 대신 죽었다고 생각할 때, 자기 생명이면서도 자기 것이라기 보다는 차라리 아버지의 생명을 살고 있다는 사실도 깨달아야 할 것입니다.

따라서 아버지의 사랑에 보답하고 아버지의 죽은 생명을 다시 살릴 길이 있다면 이미 죽고 없었을 자신의 생명쯤은 흔연히 바칠 각오와 결의를 가질 때 효자일 것이며 불효라는 낙인을 면할 것입니다.

그런데 만일 천만뜻밖에도 자기 생명의 희생 없이 죽은 아버지가 스스로 다시 살아났다면 이 얼마나 기쁘고 반가운 일이며, 부자 간에 타오르는 사랑의 불길은 그 얼마나 치열하겠습니까? 바로 이 불길을 확대한 것이 부활한 그리스도와 우리 사이에 타올라야 할 불길입니다.

넷

이삭을 줍는 마음

참된 행복

우리가 바라는 참된 행복이란 무엇입니까? 예수님은 마음으로 가난한 사람은 행복하다고 하였고, 이어서 슬퍼하는 사람, 온유한 사람, 옳은 일에 주리고 목마른 사람, 자비를 베푸는 사람, 마음이 깨끗한 사람, 평화를 위하여 일하는 사람, 옳은 일을 하다가 박해를 받는 사람은 행복하다고 하였습니다.

가난한 사람들아, 너희는 행복하다.
하느님 나라가 너희의 것이다.
지금 굶주린 사람들아, 너희는 행복하다.
너희가 배부르게 될 것이다.

지금 우는 사람들아, 너희는 행복하다.

너희는 웃게 될 것이다.

사람의 아들 때문에 사람들에게 미움을 사고 내어쫓기고

욕을 먹고 누명을 쓰면 너희는 행복하다.

그럴 때에 너희는 기뻐하고 즐거워하라.

하늘에서 너희가 받을 상이 클 것이다.

그들의 조상들도 예언자들을 그렇게 대하였다.

그러나 부요한 사람들아, 너희는 불행하다.

너희는 이미 받을 위로를 다 받았다.

지금 배불리 먹고 지내는 사람들아, 너희는 불행하다.

너희가 굶주릴 날이 올 것이다.

지금 웃고 지내는 사람들아, 너희는 불행하다.

너희가 슬퍼하며 울 날이 올 것이다.

모든 사람에게 칭찬을 받는 사람들아, 너희는 불행하다.

그들의 조상들도 거짓 예언자들을 그렇게 대하였다.

(루가 6,20~26)

여기에는 인간적인 견지에서 불행이라고 볼 수밖에 없

는 가난, 슬픔, 모욕, 박해가 들어가 있습니다. 참으로 우리의 생각으로는 이해하기가 힘듭니다. 예수님이 아닌 다른 사람이 이렇게 말했다면 아마 미쳤다고 할 것입니다. 실제로 성서를 보면, 예수님은 한때 '미쳤다'는 소문이 난 적도 있었습니다. 성모 마리아는 당신의 아들 예수가 미쳤다는 소문을 듣고 찾아 나선 일도 있습니다. 예수님의 말씀을 당시의 사람들이 도무지 알아들을 수 없었기 때문입니다.

왜 이렇게 주님은 우리와 정반대입니까? 그것은 주님의 가치관, 인생관이 우리의 그것과 다르기 때문입니다. 인생을 현세의 시각으로 보느냐, 아니면 영세의 시각으로 보느냐 하는 차이입니다. 주님은 하느님을 가치관의 근본으로 하여 보고, 우리는 물질적인 척도로서 봅니다.

주님이 보는 인간은 결코 유물론이나 진화론적인 지성을 갖춘 고등동물에 불과한 것이 아닙니다. 인간은 아무리 못난 존재라 할지라도 하느님의 모습에 따라 창조된 존엄한 인간이고, 그것은 죽어 썩고 말 운명의 것이 아니고 하느님과 같이 영원히 살아야 하는 고귀한 부르심을 받고 있습니다.

인간의 눈으로 볼 때, 건강하고 돈 많고 지위 높고 잘 먹고 잘 살면 그것이 제일 가는 행복입니다. 그러나 그것은 누구에게나 가능한 것이 아닙니다. 불과 소수 사람만이 그런 행복을 누릴 수 있습니다. 뿐더러 그런 행복은 오래 가지 않습니다. 인간을 교만하게 만들고 타락시키기도 쉽습니다. 그리고 끝내는 허무만 남습니다. 아무리 호의호식하며 잘 살아도 끝내는 늙고 병들고 죽고 맙니다.

소유로 인하여 인간이 인간성을 잃고 비인간화된다는 지적은 에리히 프롬을 위시하여 오늘날 뜻있는 철학자, 사회학자들이 지적하는 바입니다.

돈이나 권력은 분명 필요하고 그만큼 유익하지만 그것을 최고의 가치로 믿고 그것에만 매이고 집착할 때는 바로 그 돈, 권세 때문에 망하고 맙니다. 그것에 눈이 어두우면 인간의 마음은 닫히고 남을 생각할 줄 모르는 이기주의자, 구두쇠로 타락합니다.

이삭을 줍는 마음

'이삭을 줍는 마음'은 소중합니다. 이삭은 버려진 것입니다. 그러나 이를 소중히 여기고 줍는 사랑의 손길은 그 이삭을 다시 생명을 담은 밀알로 살립니다. 데레사 수녀는 이삭을 줍듯이 버려진 사람, 죽어가는 사람까지 돌보았던 분입니다.

그분에 관한 책에 이런 이야기가 있습니다. 죽어가는 사람들의 임종을 돕는 '죽음의 집'이 있는데, 거리에서 버려진 채 죽어가는 사람들을 거두어서 존엄한 인간답게 죽음을 맞이하게 하기 위한 집입니다.

한 번은 이 집에 신사 한 분이 들렀습니다. 그때 한 수녀가 죽어가는 불쌍한 늙은이의 손을 잡고 기도하며 임종을 돕고 있었는데, 이 광경을 한참동안 지켜본 그 신사는 그 자리를 떠나 돌아가는 길에 복도에서 데레사 수녀를 만나 이렇게 말하였습니다.

"제가 이 집에 들어올 때에는 무신론자였습니다. 그러나 방금 죽어가는 불쌍한 걸인의 손을 잡고 임종을 돕는 수녀님의 모습을 보고 하느님이 계시다는 것을 확신하게 되었습니다."

또 어느 신문기자가 마더 데레사 수녀가 운영하는 행려 병자 수용소를 찾아왔습니다. 그곳에는 수백 명의 병자들이 간호를 받고 있었습니다. 그러나 수용소 밖의 거리에도 오갈 데 없는 환자들이 여기저기 쓰러져서 신음하고 있었습니다. 이 광경에 충격을 받은 기자는 마더 데레사 수녀에게 따지듯이 물었습니다.

"데레사 수녀님. 당신은 결코 성공할 수 없을 것입니다. 거리에 저렇게 많은 사람들이 쓰러져 있는데, 겨우 몇백 명을 도와준다고 무슨 일이 되겠습니까?"

마더 데레사는 조용히 돌아서며 이렇게 대답했습니다.

"우리는 성공하기 위해 여기에 있지 않습니다. 우리가

여기에 있는 것은 다만 사랑을 증거하기 위해서입니다."

결국 마더 데레사 수녀는 성공을 거두지 못하고 돌아가 셨습니다. 지금도 그곳에는 수많은 이들이 속수무책으로 거리에서 신음하며 죽어 가고 있습니다. 그러나 데레사 수녀만큼 오늘의 시대에 빛과 희망을 던져 주었던 사람 은 없었습니다. 그녀는 성공하기 위해 일하지 않았고 다 만 증거하기 위해 사랑의 삶을 살았기 때문입니다. 촛불 은 자신을 불태움으로써 어둠을 밝힙니다. 우리도 우리 스스로를 이웃에 대한 사랑으로 불태울 때, 그만큼 자신 을 비우고 바칠 때 세상의 빛이 될 수 있습니다.

법은 사람을 존중하는
참다운 법이어야 합니다

소크라테스의 '악법도 법이다'라는 말이 있습니다.

소크라테스 같은 현자가 이 말을 자신에게 적용해서 할 때에는 그의 고매한 준법정신을 높이 평가해야 할 것입니다. 그렇다고 해서 그 말 때문에 곧 어떤 경우에도 '악법도 법이다'라고 보편적인 의미로 말할 수는 없습니다. 특히 독재자들이 국민을 자기 마음대로 억압하고 다스리기 위해 반이성적, 반인간적인 법을 만들어 놓고 '악법도 법이다'라고 주장할 때에 우리는 그것을 절대로 받아들일 수 없습니다. 인간 존엄성이 받아들일 수 없고, 존엄한 인간의 원천이신 하느님의 법에 따라서도 받아들일 수 없습니다.

국가가 법을 제정하고 운용함에 있어서 가장 우선적 목표로 삼아야 할 것은 인간 존엄성과 그 기본권의 존중입니다. 즉, 모든 국민이 존엄한 인간으로서 존중되고 성장 발전할 수 있고 행복을 누릴 수 있도록 법을 제정하고 오직 이 목적을 위해 운용해야 합니다. 이처럼 법은 어디까지나 사람을 위해서 있어야만 참다운 법이라 할 수 있습니다. 그럴 때, 법은 참으로 법으로서의 권위를 가질 수 있습니다.

신념있는 사람

신념있는 사람은 지성인답습니다. 그러기에 진리와 정의 앞에 겸손하며 사랑에 성실하고 비굴한 타협을 모릅니다. 진리와 정의를 사랑하기 때문에 옳은 일에는 혼자서라도 주저함 없이 투신합니다.

선하고 의로운 일에 투신하는 사람은 외로움까지도 포용해야 할 때가 있음을 의식하고 있으며 막상 고독의 소용돌이 속에서는 자기 자신의 실존을 송두리째 의식합니다. 결국 나만이라도 이 일을 하고 이 고독한 길을 유유히 걸어가는 이유가 나 자신이기 때문임을 깨닫게 되는 것입니다.

나에게 주어진 지금과 여기에서 나만이 할 수 있는 만

큼 나는 이 사회와 이 겨레에 바치는 보람을 느끼게 되는 것입니다. 이러한 체험을 하는 이에게는 '왜 나 혼자서…?'라든지 '왜 내가…?' 따위의 질문은 되풀이되지 않습니다. 신념있는 사람에게는 오히려 '나만이라도…' 또는 '나니까…'의 태도로 절망의 벽을 뚫고 나아가는 힘이 있습니다.

신념있는 사람에게는 모든 것이 가치가 있습니다. 심지어 실패라는 것까지도 구원적 가치를 지닌 것으로 받아들입니다. 고독하게 벌거숭이로 십자가에 매달려 국사범으로 처형되신 예수님을 보십시오. 뭇 사람의 눈에는 그 유례를 찾아볼 수 없는 패배자였지만 세상과 인류의 구원이 이 패배자의 죽음으로 말미암았음을 잊지 말아야 합니다.

신념은 겸손합니다. 그러기에 우리가 스스로 신념을 갖고 사는 사람으로 자처하기 위해서는 먼저 겸손한 사람이 되어야 합니다. 우리 사회에는 가치관의 붕괴와 사회 질서의 혼란으로 인한 양극화 현상이 일어나고 있습니다. 즉, 참된 신념을 가지고 용감히 살아가는 사람이 있는가 하면, 그릇된 신념으로 횡포를 부리는 사람들도 있습니다.

참된 신념은 적극적이고 건설적인 데 반하여 그릇된 신념은 광적이고 파괴적입니다. 참된 신념은 자기 자신의 한계성을 뼈저리게 실감하면서도 자신의 소중함을 일깨워 주지만 그릇된 신념은 자기 자신을 한없이 들어 높이고 자기보다 우월한 자를 보면 불안과 공포에 떨게 합니다. 신념있게 사는 사람 가운데는 하느님이 현존하지만 그릇된 신념을 갖고 사는 사람은 언제나 자기 주위에서 맴돕니다. 그러기에 후자는 쉽게 극단적인 이기주의와 독선으로 기울어지게 됩니다.

우리가 신념을 갖고 살아갈 때, 우리들 서로의 관계는 지배자와 피지배자의 관계가 아니라 인생의 긴 나그네길을 함께 가는 동반자이며 봉사자의 관계가 됩니다. 사람을 있는 그대로 존중하고 인간 본연의 동등권을 소중하게 여기는 사람은 자기가 처해 있는 사회의 구성원이든 아니든 간에, 또 가정이든 학교든 국가든, 자신이 스스로 남의 인격 위에 군림하지 않습니다. 나그네길로서의 인생은 그 자체만으로도 고달픈 일이 많고 서로의 도움 없이는 도저히 감당할 수 없는 일도 있습니다.

그럼에도 불구하고 우리 현실 속에는 남을 지배하고 억압하는 일에 시간과 재원과 노력을 낭비하는 일이 너무 많지 않습니까? 그러므로 우리는 어떤 차원에서든지 눌러대기보다는 눌리는 형제들과 함께 눌리고, 묶는 사람이 되기 보다는 묶인 사람들과 함께 하고, 사람을 죽이는 위력을 발휘하기보다는 차라리 죽음을 당하는 형제들의 저항 없는 죽음에 동참하기를 원하는 신념의 사나이가 되어야 합니다.

마음속에 가치관이 새겨진 이유

'가치관'이란 말은 나 자신이 자주 말하고 듣기도 하는 데, 그것이 무엇이라고 언뜻 말하기는 쉽지 않습니다. 나는 '가치관'이란 새롭게 찾는 것이 아니라 이미 우리의 마음속에 새겨져 있다고 봅니다. 좋은 일을 하고 나쁜 짓은 하지 말라는 단순한 소리가 가치관의 근본입니다. 그럼 마음속에서 찾으라는 말이냐 하고 되물을지 모르겠지만, 그 기본법칙은 이미 우리 마음속에 심어져 있다고 봅니다. 그리고 이것은 아주 보편적입니다. 배운 사람이든 배우지 않은 사람이든 누구나 지니고 있습니다.

예를 들면, 우리는 아침저녁에 매우 붐비는 버스 또는 전철을 이용합니다. 너무 붐비는 바람에 누가 악의 없이 나의 발을 밟았습니다. 불쾌하긴 하지만 이것을 나쁘다고 탓할 수는 없습니다. 설령 그 때문에 내 발이 몹시 아팠더라도 말입니다. 하지만 전혀 붐비지도 않는 대낮에 누가 다가와서 고의로 내 발을 밟았다면 누구든지 나쁘다고 생각할 것입니다. 설령 그때 별로 아프지는 않았더라도 말입니다. 후자의 경우를 좋은 일이라고 말할 사람은 아무도 없을 것입니다. 한국에서만 그렇게 생각하는 것이 아니고 세계의 어느 나라에 가도 마찬가지입니다.

그럼 왜 우리는 모두 똑같이 후자의 경우에 나쁘다는 판단을 내리는 것입니까? 작은 예에 불과합니다만, 이를 보면 무엇인가 범할 수 없는 윤리적 준칙이 우리의 마음속에 있다는 것을 알 수 있습니다.

또 붐비는 차 안에서 어떤 젊은이가 노약자에게 자리를 양보한다면, 혹은 무거운 보따리를 들어준다면 좋은 일입니다. 세계 어디를 가든지 그것은 선한 일입니다. 왜 인간에게는 이런 선악이라는 것이 있습니까? 남을 해치면 악이요, 남을 위하면 선이 된다는 도덕률이 다른 동물에게는 없는데 왜 인간에게는 있습니까?

마찬가지로 어느 시대, 어느 사회에서나 이기주의자가 존경받는 일은 없습니다. 그가 아무리 부자이고 권세가 있다 해도 사람들은 그를 마음속으로 존경하지 않습니다. 반대로 몰아적인 사랑에 사는 사람은 어디서나 존경을 받습니다. 또한 우리는 배신자, 변절자를 싫어합니다. 그 대신 의리가 있고 절개가 있는 사람을 좋아합니다. 경우에 따라서는 그 이기주의자나 배신자로부터 내가 어떤 도움을 받았고, 의리 있고 절개 있는 사람으로부터 아무런 도움을 받은 일이 없어도 마음속으로는 후자를 존경합니다. 이런 것도 아주 보편적입니다.

왜 그렇습니까? 물론 법조문에 의하여 그런 것은 아닙니다. 마음의 소리에 의해서입니다. 마음속의 무언지 알 수 없는 윤리적 준칙을 따라서입니다. 이것을 옛날부터 사람들은 '도덕률'이라고 말하였습니다. 그럼 어떻게 이 도덕률이 모든 사람의 마음속에 심어져 있습니까? 가정에서나 학교에서 배웠기 때문이라고 말할지 모르겠습니다. 물론 배워서 아는 것도 있습니다. 하지만 배운 것이라고 다 후천적인 것이라고 말할 수는 없습니다.

예컨대, 구구단은 학교에서 배워서 압니다. 하지만 이 원리는 이미 있는 것입니다. 수학적 진리, 또는 물리·화학적 자연법칙이 다 그렇습니다. 도덕률도 같습니다. 말하자면 선천적 윤리법칙입니다. 그러면서 물리·화학의 자연법칙과는 크게 다른 점이 있습니다.

물리·화학의 법칙은 반드시 그 법칙대로 되어야 하는데 비해서 윤리법칙은 꼭 그대로 되어야 하는 것이 아니고 이를 거스를 수 있습니다. 공중에 던진 돌은 만유인력의 법칙에 따라서 반드시 땅에 떨어집니다. 그런데 남에게 해를 끼치거나 배신함이 나쁘다는 법칙은 반드시 그렇게 지켜지지 않습니다.

참으로 묘한 일입니다. 선을 행하면 좋고 악을 행하면 나쁘다는 것을 모든 사람들이 다 아는데도, 다시 말해 그런 법칙이 마음속에 다 새겨져 있는데도 우리는 기계처럼 선을 행하고 악을 피하지 않습니다. 오히려 선보다는 악을 행하는 경우가 더 많습니다.

사랑은 모든 존재와 삶과 평화와 행복의 절대조건입니다

3년 전에 마이클 잭슨을 만난 일이 있었습니다. 당시 왜 그 사람을 만나느냐고 항의하는 전화가 비서실로 걸려왔으나 많은 청소년들은 내가 마이클 잭슨을 만나는 것을 너무나 부러워하는 것을 볼 수 있었습니다. 그들은 주로 10대 청소년들입니다. 그가 공연할 때에는 수만 명의 청소년들이 모여들었고 열광적이었습니다.

나는 마이클 잭슨의 무엇이 그렇게 젊은이들을 잡아끄는지, 매력이 무엇인지를 알 수 없었습니다. 그래서 마이클 잭슨을 만났을 때 물어 보았습니다. 그랬더니 그는 단순하게 "저는 위에서 받는, 하늘로부터 받는 영감(靈感)에 따라 그들을 사랑합니다"라고 답했습니다.

나는 "저는 그들을 사랑합니다"라는 말을 오래 생각했습니다. 마이클 잭슨의 매력이 참으로 사랑에 있는지 아닌지 확인할 수 없습니다만, 그가 한 말은 대단히 뜻깊다고 생각합니다.

사랑이란 말은 우리가 가장 좋아하는 낱말입니다. 우리 모두 사랑을 바라고 노래하고 꿈꾸고 있습니다. 우리는 사랑을 떠나서는 살 수 없습니다. 사랑이 없으면 우리 각자의 삶은 삭막하기 그지없고, 사랑이 없을 때에 우리 가정은 파탄할 수밖에 없고, 사랑이 없는 사회는 황무지와 같은 사회이고, 사랑이 없을 때는 자연히 서로간의 미움만이 있을 수밖에 없고, 미움이 분쟁을 낳고 분열을 가져옵니다. 사랑이 없으면 결국 인간사회는 지옥과도 같습니다. 아니, 사랑이 없으면 생명이 있을 수 없고, 삶이 있을 수 없습니다. 우리가 존재할 수 없습니다. 아무도 나를 사랑하지 않는다면 내가 어떻게 그것을 견디어 낼 수 있습니까? 또 나를 사랑하는 사람이 아무도 없을 때, 그런 '나'는 무엇입니까? 나는 아마도 그런 '나'를 참을 수 없을 것입니다. 사랑이 없으면 진정 나는 아무 것도 아닙니다.

　그래서 사랑은 참으로 모든 존재와 삶과 평화와 행복의
절대조건입니다.

사랑의 힘

미국의 네브래스카에 가면 '소년의 거리'가 있습니다. 고아나 불우 청소년들을 모아 놓은 큰 규모의 고아원입니다. 이 '소년의 거리'는 창립자이자 고아들의 아버지인 플라나간스 신부님의 아름다운 인간애 때문에 유명해졌고, 영화로도 크게 알려진 곳입니다.

이곳에 가면 한 꼬마소년이 덩치가 자기보다 두 배나 되는 큰 소년을 등에 업고 있는 조각이 있습니다. 그리고 그 조각에는 큰 소년을 업고 있는 꼬마소년이 하는 말로서 "그는 나의 형제이지요. 그래서 조금도 무겁지 않아요"라고 새겨져 있다고 합니다.

참으로 뜻깊은 말입니다. 누구든지 형제로 알고 사랑하

면 그를 위한 어떤 일도 힘들지 않고 어렵지 않습니다. 사랑하는 자에게는 큰 짐도 조금도 무겁지 않습니다.

벼랑에 선 사람들

몇 년 전에 아주 잘 생긴 어느 남자가 찾아왔습니다. 그는 한 번의 실수로 에이즈 환자가 되었고, 그 일로 인해 신혼 초였는데 결혼의 행복이 깨진 것은 물론이요 인생의 모든 희망을 잃고 절망에 빠졌었다는 것입니다.

그러던 어느 날 얼굴을 감추는 것보다 오히려 드러내서 자신과 똑같이 절망에 빠지는 사람들이 있어서는 안 되겠다는 생각에 뜻을 같이하는 동료들과 힘을 합해 에이즈에 걸린 사연을 수기로 썼는데, 그 책 서문을 써 달라는 것이었습니다. 나는 기꺼이 응하였습니다. 이들의 수기는 『벼랑에 선 사람들』이라는 이름으로 출판되었고 나는 출판기념회에도 참석하였습니다. 이들은 또 자신과 뜻을 같이 하는 사람들을 모아 '희망 나눔터'란 모임을 만들었습니다.

에이즈는 무서운 병입니다. 이 병에 걸렸다 하면 세상의 희망은 아무것도 없고 사람들로부터는 멸시와 두려움 때문에 소외되고 죽을 날만 기다려야 합니다. 그런데 이 젊은이는 그런 상황에서 절망을 극복하고 남을 위해 일어선 것입니다. 인생에는 세상 모든 것을 다 잃고도 이룩해야 할 것, 그리고 보다 소중한 것이 있다는 것을 시사해 주고 있지 않습니까?

세상의 모든 사람들은 보다 나은 삶을 위해 많은 것을 투자하고 있습니다.

인간이라면 누구나 보다 나은 삶을 추구할 권리가 있습니다. 하지만 때로는 그것 때문에 모든 것을 잃어버리는 경우도 있습니다. 어떤 사람은 보다 나은 삶의 기준을 물질적인 것에 두기도 하고 어떤 사람은 마음의 풍요에 두기도 합니다. 마음의 풍요를 추구하는 사람은 '나'를 생각하기에 앞서 이웃을 먼저 생각하며 그 이웃의 얼굴에 웃음이 번지는 것을 보고 행복을 느끼는 사람입니다.

아름다운 마무리

나는 이제 임종의 자리에 누워있다. 온몸의 맥이 풀리고 피곤하여 사지를 움직일 수 없다. 혈관과 고막에 울리는 피의 흐름소리를 귀 기울여 듣는다. 몽롱한 가운데 전차로 멀어져 가는 생명의 기이한 음악!

죽음을 생각할 때 어쩔 수 없이 먼저 느끼는 것은 두려움입니다. 나는 가끔 죽음과 마주 서 있는 환자를 방문합니다. 그 대부분 말할 수 없이 큰 고통과 함께 죽음에 대한 두려움을 호소 할 때, 그것이 미구(未久)에 나의 것이 되리라는 생각이 들면서 어떻게 대처하면 좋을지 모릅니다. 거기다 한 생을 살아오면서 이래저래 지은 죄도 많은지라 하느님의 심판대전에 나서기란 참으로 두렵고 떨지 않을 수 없습니다. 되도록 고통이 적고 편안한 마음으로 죽음을 맞이할 수 있다면 얼마나 좋겠는가 하고 생각하지만 내 마음대로 되는 것은 물론 아닙니다.

얼마 전에 가장 오래된 친구 한 사람이 죽었습니다. 비교적 건강한 편이었는데, 가기 전 날까지도 정신이 맑고 주변 사람들을 편안하게 해주었다고 합니다. 그는 참으로 선하게 살다가 선종을 한 것입니다. 그의 부음을 듣고 달려가서 영전 앞에 고인을 위해 기도드릴 때, 나는 그가 하늘나라에 가 있으리라 믿고 나 역시 남은 생애를 선하게 살다가 죽을 수 있게 해주십사 하고 빌었습니다.

죽음은 누구도 피할 수 없이 마셔야 할 쓴잔입니다. '죽음은 무엇인가?' 하는 것입니다. 죽음은 생명의 끝인가, 아니면 저승의 삶의 시작인가? 이에 대하여 아무도 '이렇다, 저렇다'라고 과학적 실증을 통한 답을 줄 수 없습니다. '죽음 앞에서 인간 운명의 수수께끼는 절정에 달합니다.'

화해 할 줄 아는 용기

지금 우리 민족에게 있어서 해볼 만한 가장 위대한 일이 한 가지 있습니다. 그것은 '권력을 사심 없이 화해의 도구로 사용하는 결단'입니다. 여기에는 실로 최상의 용기가 필요할 것입니다. 그야말로 신명을 하느님에게 바치는 믿음에서만 그와 같은 용기가 나올 수 있을지도 모릅니다.

자기를 버리고 죽으려 할 때 살고, 이기적으로 살려 할 때 죽는다는 것은 진리입니다. 진정으로 위대한 용기를 지닌 이는 살아남는 이 진리를 터득할 것입니다. 그리고 이러한 용기는 민족의 역사를 소생시킬 수 있을 것입니다.

오늘날 우리 사회는 불신과 불화로 심각한 내부 분열을

겪고 있습니다. 선의의 대중은 각종 매스컴을 통해 진실의 목소리를 들어야 하는데 거기에 응해 주는 이들이 너무 적습니다. 이것은 가뜩이나 산업사회가 오락과 소비문화로 대중을 우중화(愚衆化)하는 성향을 방치하고 있는 셈이 될 것 같습니다. 일깨움을 받는 국민, 깨어있는 국민이라야 역사를 발전시켜 나갈 수 있습니다. 양심있는 지성인들의 융통성있고 슬기있는 참여가 고려되어야할 단계인 것 같습니다.

근로자들은 열악한 근로조건 속에서 심중에 갈등을 품을 뿐이고 기업주들과 제대로 의사 소통을 하지 못하고 있습니다. 농민들은 오랜 기간 지속되는 적자 영농문제로 국가 경제구조 자체에 대한 비판의 소리를 모으고 있습니다. 학원가에서는 스승과 학생들 사이에 단절이 생겨 있습니다.

우리 국민 모두는 자나깨나 분단의 재앙에서 벗어나지 못하고 있습니다. 광복 후 반세기가 넘도록 통일의 기운이 조금이라도 성숙되어 있어야 하는데 오히려 불신과 증오를 굳혀 온 것으로 보게 됩니다. 오늘의 세계안에서는 남한도 북한도 세계화에 동참해 나아가야 합니다.

따라서 남북한은 내부에서부터 서로 증오를 키우는 일을 중단해야 합니다. 서로 증오를 누그러뜨리지 않는 한 통일은 백년이 가도 안 될 것입니다. 중요한 일은 민주주의와 개방체제의 육성이지 상대적 증오가 아닙니다.

우리 민족 내부의 이 모든 분열을 타파하는 길에 있어 권력을 화해의 도구로 전환해 사용하는 지도자가 나온다면 그는 진정으로 용기있는 애국자일 것입니다. 그러한 용기는 민족의 활로를 결정적으로 타개할 것이며 지도자 개인도 민족의 역사 안에 길이 살아남아 있을 것입니다.

주여, 저에게 당신의 사랑을 주소서

주여, 저에게 당신의 사랑을 주소서.

당신의 사랑으로 모든 이를 진정 사랑하게 하소서.

주여, 제가 당신을 찾고 있다고 하면서 반성해 보니,

당신을 찾는 것이 아니라

당신이 주실 위로를 찾고 있습니다.

당신과의 만남의 체험을 얻음으로써 무엇인가

내게 기적 같은 체험이 있었던 것을,

삶의 길잡이로 삼고자 하는 것 같습니다.

그러니 실제로는 당신 자신을 찾는 것이 아닌 것 같습니다.

부디 저로 하여금 당신을 찾고 당신과 만나게 하소서.

그 만남이 위로가 안 될 수 없겠지만,

그러나 저를 위한 위로를 찾지 않도록 해주소서.

긴요한 것은 결국 당신이 아닙니까?

당신의 기도속에 제가 들어가게 하소서.

-김수환 추기경

주름살 없는 성모상

일반적으로 가톨릭 신자들이 생각하고 있는 성모 마리아의 모습은 굉장히 아름답고 정숙합니다. 모든 성모상이 그렇게 만들어져 있습니다. 물론 아름답고 정숙하고 거룩한 것은 사실이지만 그것만은 아닙니다. 산전수전 다 겪으면서도 그 모든 것을 마음으로 받아들이고 마음속 깊이 믿음을 간직한 분이 성모님입니다.

이런 성모님을 생각해 보면 젊었을 때에는 어떨지 모르겠지만 그 모든 것을 겪고 난 다음의 얼굴은 분명히 많은 주름살이 있었을 것입니다. 그런데도 우리는 한 번도 그런 주름살이 있는 성모님을 본 적이 없습니다. 나는 가끔 이런 생각을 해봅니다.

예를 들어, 인도 캘커타의 마더 데레사 수녀님의 사진을 보면 주름살이 있는데, 그 주름살은 가난한 사람들의 고통을 그분도 당신의 몸으로 동참해서 생긴 것으로 볼 수 있습니다. 모르긴 해도 그런 모습에 가까운 것이 성모님의 참모습이 아닌가 합니다.

그리고 어떤 의미로는 그 모습으로 인해 성모님은 모든 가난한 이의 어머니, 모든 그리스도인의 어머니이고, 그렇기 때문에 교회의 어머니이며 교회의 모델이 되고 있지 않나 싶습니다.

다섯

가장 사소한 것의 존귀함

자신을 사랑하는 마음

빛은 참말로 누군가를 뜨겁게 사랑할 때 발견되는 것입니다. 인간은 육체만이 아니라 영혼과 개성이 있기에 인간입니다. 성서적인 창조를 전제하지 않은 채 인간의 존엄성을 이야기할 수는 없습니다. 인간에게는 '신적(神的)인 무엇'이 있는 것입니다. 바로 이런 가치를, 내가 얼마나 존엄한 존재인가를 스스로 인식할 때, 우리는 이웃과 타인을 비로소 다시 보게 됩니다. 그것이 빛입니다.

사랑이 싹틀 때, 그것이 빛입니다.

이런 경구가 있습니다.

'자신을 불태우지 않고는 빛을 낼 수 없다.'

빛을 내기 위해서는 자신을 불태워야 하고 희생해야 합

니다. 사랑이야말로 죽기까지 가는 것이고 생명까지도 바치는 것이며, 그러기 위해 자기를 완전히 비우는 아픔을 겪어야 하는 것입니다.

근본적으로 나 자신이란 존재가 얼마나 소중한가를 스스로 인식하는 일이 중요합니다. 즉, 자기 자신에 대한 인간의 존엄성을 깊이 인식하고 스스로 자신을 사랑할 줄 안다면 거기에서 문제 해결의 실마리가 풀릴 수 있으리라 봅니다.

나는 모든 문제의 근본은 인간에 대한 사랑의 결핍에서 온다고 믿고 있습니다. 정치의 경우, 인간을 사랑하는 마음이 정책의 기본이 되어야 하고 경제면에서는 돈보다 인간을 앞세우는 경영이 바람직한 것임은 물론입니다. 그동안 우리가 인간에 대한 존중과 사랑을 바탕으로 모든 일을 처리해 왔더라면 오늘날 우리가 겪고 있는 곤경과 어려움은 훨씬 덜했을 것입니다.

가장 보잘것없는 사람

"가장 보잘것없는 형제에게 해준 것이 곧 나에게 해준 것이다" "가장 보잘것없는 형제에게 해주지 않는 것이 곧 나에게 해주지 않는 것이다"라는 성서의 말씀이 있습니다.

우리 각자에게 있어서 보잘것없는 사람은 누구입니까? 피상적으로 생각하면, 막연하게 가난하고 굶주리는 불쌍한 사람, 고통받는 사람, 소외된 사람으로 생각하기 쉽습니다. 물론 그 뜻도 담겨 있습니다.

그러나 우리는 일반적으로 말하는 가난한 사람, 소외된 사람이 누구인지를 모릅니다. 이름도 모르고 얼굴도 모릅니다. 때문에 그 사람에 대해 사랑할 의무를 느끼지 않습니다. 그러나 깊이 생각하면, 보잘것없는 형제는 이름도 성도 모르는 어느 가난한 사람, 굶주리는 사람이 아닙니다. 내가 잘 아는 사람입니다. 이름도 얼굴도 알고, 일상 가까이 대하면서 마음으로 받아주지 않고 소외시키는 사람, 말하기도 싫은 사람, 화해하기도 꺼려지는 사람 그리고 나에게 잘못하면 용서해 줄 수도 없는 사람입니다.

즉, 집안 식구나 형제 중 누구일 수 있고, 이웃이나 직장 동료일 수도 있습니다.

한마디로 내가 누구보다도 사랑해야 될 사람인데 사랑하지 않는 사람입니다. 그렇다면 잘 생각해 보아야 합니다. 마음에서 받아주지 않는 사람이 없는지, 내게 보잘것없는 형제는 누구인지 깊이 생각해 보아야 합니다. 여기서 중요한 것은 이 사람을 사랑하는 것입니다. 화해할 일이 있으면 화해하고 용서를 청할 일이 있으면 용서를 청하는 것입니다.

이웃사랑 실천이란 단순히 자선을 베푸는 것이 아닙니다. 그냥 가난한 이를 돕고 여러 가지 봉사활동을 하는 것이 아니라 내 마음에서 소외된 사람이 있다면 바로 그를 받아들이고 사랑하는 것입니다. 가정에 있어서 부부관계, 부모자식 관계를 소홀히 하면서 밖에서 나가 좋은 일을 많이 한다 해도 소용이 없습니다.

가장 사소한 것의 존귀함

한국일보의 한 컬럼에 소설가 정연희 씨가 쓴 글을 읽고 느낀 바가 무척 많았던 내용을 소개합니다.

『오래 전에, 이디오피아 난민의 기사가 신문에 보도되었을 때, 나는 교회 중등부 학생들 10여 명에게 난민의 실태를 이야기해 주고 있었다. "그 곳에서는 지금 한 주일에 1천명이나 굶어서 죽고 있단다. 이대로 가다가는 반 년 안에 1천만 명 이상이 굶어 죽게 된다는구나." 비교적 부유한 집의 자녀들이어서 그 이야기가 과연 어떻게 먹혀들어 갈 것인가를 우려하지 않은 것은 아니었지만, 너무도 뜻밖의 반응에 소스라치지 않을 수 없었다. "인구가 너무 많아서 문제라는데, 하나라도 많이 죽으면 좋지요, 뭐!"

별 생각 없이, 아무렇지도 않다는 듯이, 아니 오히려 옳은 대답을 하는 듯 자신 있게 말한 것은 청순하게 생긴 중학교 1학년생인 소녀였다. 너무 당황하여 한동안을 허둥거리다 "그들이 많이 죽어서 득을 보는 것은 살아 남는 우리들이야? 그렇다면 곧 우리도 누군가를 위해서 죽어야 할 텐데, 어쩌면 네가 먼저 죽어야 하는 것 아니겠니?" 그 날의 교회 학교 공부를 어떻게 끝마쳤는지 지금도 기억해 낼 수 없다. 그런데 그 날 이후로 나는 나의 교회 생활과 교회 직분에 대하여 어둡고 깊은 회의에 빠졌다. 그 어린이의 말은 곧 내 속 깊은 곳에 숨어 있었던 말이라는 것을 깨달았기 때문이었다. 그 아이의 입을 빌렸을 뿐이지, 그 생각은 내 속에 도사리고 있는 흉악한 이기심의 일부임을 깨달았기 때문이다.』

이 글을 읽은 사람들이 어떻게 생각했는지는 모릅니다. 하지만, 나는 이것을 읽고 "정말 그렇다! 나도 비슷한 생각을 한 일이 없는가?" 하고 생각해 보게 되었습니다.

어떻게 보면 대부분의 인간이 본능적으로 이런 생각을 가지고 있는 것이 아닌가, 뿐만 아니라 어떤 경우에는 우리와 아주 가까운 부모형제에 대해서까지라도, 그분들이 내게 귀찮은 존재가 될 때에는 그들이 차라리 없었으면 하는 마음을 가진 일은 없는가, 이렇게 생각할 수 있습니다. 그러나 그렇게 버림받고 배척당하는 그것은 어느 날 나 자신에게도 해당될 수 있다는 것을 알아야 합니다.

고독은 자신의 존재 자체를
깊이 보게 되는 기회입니다

사람들은 인간의 존엄성이란 말을 즐겨 쓰면서도, 자기 자신에 대해서나 남에 대해서 이해하지 못하는 것 같습니다. 에리히 프롬이 「존재냐 소유냐」하는 책에서도 썼습니다만, 가지는 것은 인간의 존재를 더 풍요하게 하기 위한 하나의 수단에 불과한 데도 그것이 목적인 것처럼 착각을 하고 있습니다. 그러나 그 결과는 '인간 상실'입니다.

자기 안에서부터 인간을 찾아야 합니다.

'인간 상실'은 결국 '사랑의 상실'에서 비롯됩니다.

참말로 한 인간의 절망적인 순간에 내면적인 고독까지 다 알고 그 고독까지도 오히려 위로로 채워 주는, 그 마음의 어둠을 빛으로써 가득 채워 주는, 끝까지 버리지 않고 사랑해 줄 사람이 있을 거라고 기대할 수 있을까요? 기대하기 힘듭니다.

그런데 한 인간으로서 이것이 없어서는 정말 안되는 일입니다. 나를 사랑해 줄 수 있는 존재가 이 우주의 어디에도 없다고 할 때, 예를 들어 죽음의 시간에는 옆에 많은 사람들이 서 있다 하더라도 죽음을 맞는 그 삶은 고독 속에 완전히 버려진 상태가 됩니다. 나는 나끔 임종 옆에 서게 되는데, 죽음을 혼자서 맞이하고 있는 저 사람을 누가 저 고통에서 건져 줄 수 있을까를 반문해 보곤 합니다.

지금까지의 모든 인간 관계에서 단절된 채, 모든 인간적인 사랑과도 단절된 채, 많이 가졌다 해도 결국은 다 잃고 죽음에 이르게 됩니다. 죽음으로써 모든 것이 끝나 버린다고 한다면 허무주의에 빠지게 됩니다. 그러나 그것이 정말 인간의 '답'이냐 하면, 그렇게 볼 수는 없습니다.

오직 홀로 남겨진 고독의 상태에 있을 때, 빛을 주고 다른 차원 높은 의미의 생명으로 가득 채워 주는 어떤 존재가 있어야 합니다.

고독은 누구도 피해갈 수 없습니다. 사람에게는 각자

주어진 고독의 밑바닥이 있습니다. 고독의 의미를 부정적으로 받아들이면 아주 위험합니다. 그러나 삶을 돌이켜 보는, 자신의 존재 자체를 깊이 보게되는 기회가 바로 고독입니다. 이런 긍정적인 측면에서 본다면, 고독의 시작이라는 것은 참으로 소중한 것일 수도 있습니다.

교황 바오로 6세의 참으로 소박한 장례

1978년 8월 6일 교황 바오로 6세의 서거를 맞이하여 장례식에 참석하고, 계속해서 이어진 새 교황 선거회의에 참석한 것은 처음 경험한 것이었습니다. 지금도 기억이 뚜렷합니다만, 그분의 장례식은 참으로 간소하고 가난한 인간의 장례와도 같이 소박하였습니다. 물론 그분의 유언에 따른 것이었습니다.

관은 송판으로 된 것이어서 소나무광이 보였고 아무런 장식도 없었습니다. 세계 각국에서 국가원수들이 조의를 표명하고 특사를 보냈지만 관주변에는 한 송이 꽃도 없었습니다. 또 관은 아무런 받침대도 없이 그냥 땅 위에 놓여졌고, 그 옆에 부활을 상징하는 큰 촛불이 하나 밝혀져 있었습니다. 무덤도 땅 밑에 묻었습니다. 교황 요한 23세의 무덤은 대리석으로 땅 위에 세운 것이고 여전히 꽃도 많고 촛불이 밝혀서 있었지만, 이분의 무덤은 큰 대리석으로 덮고 다만 '교황 바오로 6세'라고만 쓰여져 있었습니다.

나는 그 자리에서 그분이 당신의 장례를 간소하게 해주도록 유언으로 당부하신 뜻이 어디에 있는가를 깊이 느꼈습니다. 그분은 우리의 현존, 우리의 삶, 우리가 가진 모든 것의 주인이신 하느님 앞에서 인간은 그 자체가 가난하다는 것을, 그리고 하느님의 자비와 사랑 없이, 하느님의 생명과 빛을 받지 않고서 인간은 그 자체가 '허무'나 다름없다는 것을 스스로 깊이 깨달은 것이 아닌가 생각하였습니다. 그분의 유언이 바로 운명하시기 전에 쓴 것이 아니라 이미 여러 해 전에 써둔 것으로 보아서 그분은 늘 자신을 하느님 앞에 가난한 한 인간으로 깊이 인식하면서 살았던 것 같습니다.

생각해 보면 이것은 진리입니다. 사람이 이 진리를 깨달으면 더 정직하고 삶에 대해서도 더 성실할 수 있지 않을까 생각합니다. 인간은 알게 모르게 많은 가식에 쌓여 있고, 너무나 두꺼운 가면을 쓰고 있습니다. 이것을 깨닫고 자기 본연의 모습을 볼 수 있을 때, 우리는 그때부터 자기의 삶을 살 수 있고 진실된 삶을 살 수 있지 않는가 생각합니다. 오늘날 우리에게 필요한 것은 이런 인간의 순수성이 아닌가 싶습니다. 특히 물질의 고도성장 속에서 돈이나 권력이 모든 가치를 지배해 가고 인간성이 상실되어 가는 이 시대에 우리가 사람답게 살기 위해서는 인간성을 보다 순수하게 지켜야 하지 않겠는가 하고 생각하게 됩니다.

어머니

언젠가 어느 수련장에서 잠시 쉴 때의 일이었습니다. 그 때 누군가가 부엌에서 달그락 달그락 그릇 부딪치는 소리를 듣고는 이렇게 말하더군요. "부엌에서 그릇 소리 나면 생각나는 거 없어요?" 참 이상합니다. 그릇 소리 날 때에는 고향 생각, 어머니 생각이 납니다.

나의 고향은 대구인데, 마음의 고향은 따로 있는 것 같습니다. 어느 집이라고 지적할 수 없는 고향집에서 어머니와 가족들과 함께 살던 그 고향 말입니다.

내 마음에 새겨진 어머니의 영상은 늙은 모습입니다. 이마에 주름이 잡혀 있고, 칠십 년의 풍상을 겪은 모습입니다. 자식을 위하여 당신 자신은 비우고 또 비우신 분…….

그러나 위엄이 있으면서도 미소를 잃지 않던 모습이 떠오릅니다.

어머니는 연세가 많아질수록 얼굴이 더 밝아지고 미소가 많아졌던 듯합니다. 하루하루의 삶을 믿음 속에 받아들이고 초탈해졌기 때문일 듯합니다. 아니면 당신이 원하신 대로 아들 둘을 모두 신부로 만들고 그 뜻을 다 이루었기 때문일까? 또는 귀여운 손자들 때문이었을까?

어머니는 당신 이름 석 자와 '하늘 천 따 지' 정도의 기초한문 정도와 한글밖에 아는 것이 없는 분이었습니다. 옹기 장수를 하던 아버지와 혼인하신 뒤로, 평생을 가난에 쫓겨 여기저기로 이사를 다니며 옹기나 포목을 이고 그것을 파는 것으로 생활을 해야 했고 고생도 무던히 해야 했던 분이었습니다. 말띠였는데, 말띠는 '팔자가 세다'는 속설대로 팔자가 드셨다면 드셨다고 할 수 있는 한평생을 보낸 분이었습니다.

또 본디 성품이 곧은 분이었고, 거짓이나 불의와는 한사코 타협할 줄 모르는 분이어서 자식들 교육에도 그만큼 엄격한 분이었습니다. 특히 아버지가 돌아가신 뒤에는 '아비 없는 자식'이라는 말을 들어서는 절대로 안 된다고 하였고, 그 때문에 형님과 나, 두 어린 형제를 더욱 엄하게 키웠습니다.

따라서 어머니의 영을 거스른다는 것은 상상도 할 수가 없었습니다. 또 우리 형제는 어릴 때 거짓말은 물론이요, 욕 같은 상스러운 소리를 한 마디도 입에 올릴 수 없었습니다.

누구든지 얻으려면 잃고,
잃고자 하면 얻으리라

어느 대기업 총수 한 분이 자신을 향해 이런 질문을 했다고 합니다. "내가 돈을 이만큼 모았는데 얻은 것이 무엇인가?"라고 말입니다.

우리는 지금 모든 이들이 자기 성취만을 위해 살고 있습니다. 그런데 자기 욕심을 달성하는 것을 '성취'라고 생각할 때, 그 결과는 이기적이고 자기 중심적인 인간만이 나오게 되어 있어 이 사회는 삭막해집니다. 자기를 내어줄 줄 아는 삶을 '자기 성취'라는 목표로 삼는 사람이 많아졌으면 합니다. "누구든지 얻으려면 잃고, 잃고자 하면 얻으리라"는 성경 말씀대로 욕심의 그릇을 비워야 합니다.

요즘 젊은 세대들은 많은 좌절과 갈등을 느끼고 있습니다. 참으로 염려스럽습니다. 하지만, 젊은 세대들의 행동은 우리 자신이 뿌린 씨앗입니다. 기성 세대가 미래의 희망이나 비전을 주지 못하기 때문입니다. 젊은이들과의 공감대가 사라지고 대화가 단절된다는 것을 느끼게 됩니다.

젊은이들을 '미래'라고 할 때, 현재와 미래의 단절은 역사의 단절을 가져올 것이므로 크게 우려됩니다. 모든 젊은이들이 자기 혼자이며 고립되었다고 생각할 때, 긴장 관계를 가져 오고 타인과의 관계는 존재적(存在的)인 적대 감정을 갖게 될 뿐입니다. 위정자들을 비롯한 기성 세대가 젊은 세대를 수용하지 않으면 안 되는 이유가 여기에 있습니다.

칼을 갈면 언젠가는 쓴다

여러 해 전의 자료입니다만, 세계의 모든 나라가 군사력을 위해 쓰는 돈은 매 1분간 1백만 달러가 넘고, 연간 총액은 5천억 달러라고 합니다. 이는 발표된 군사 비용이고, 실제로는 그 두 배가 넘는 1조 달러 수준이라고 합니다.

1조 달러. 우리로서는 상상도 할 수 없는 큰 돈입니다. 설령 5천억 달러라고 하더라도, 만일 해마다 이 돈을 평화적 목적과 구호 자금으로 쓴다면 아직도 절대 빈곤 속에 굶주리고 있는 전세계 5억이 넘는 기아 선상의 사람들을 구제하고도 남는 돈입니다. 그런 막대한 돈을 오늘의 세계는 인간 구제보다 오히려 그 반대로 인간을 죽이는 무기에 투자하고 있습니다.

생각해 보면 납득할 수 없는 일입니다. 현대 세계가 미쳤다고밖에 볼 수 없습니다. 한 사람 앞에 10톤씩이나 돌아가는 핵무기를 만들어 내다니……. 무엇 때문인지, 누구를 위한 것인지 정말 알 수가 없습니다.

우리는 평화를 필요로 합니다.

지금 당장 우리 모두 평화를 위하여 일해야 합니다. 그렇지 않으면 머지않은 미래에 세계는 지역 분쟁의 격화와 함께 핵무기로 폭발될 위험이 대단히 크기 때문입니다. 아니면 그런 무기와 아울러 이를 생산해 내는 중화학공업이 만들어 내는 대기오염이 인간 생명과 그 환경을 위협하고 있기 때문입니다.

핵무기가 사용되면 우리 자신과 우리의 사랑스러운 자녀들을 포함해서 모든 생명이 죽고, 모든 문화는 파괴되고 말 것입니다. 고(故)케네디 대통령의 말대로 인류가 전쟁에 종지부를 찍지 않으면 전쟁이 인류에 종지부를 찍을 것입니다.

우리는 흔히 무기가 우리의 평화를 지켜준다고 믿고 있

175

습니다. 남북한의 상황에서 북한의 군비 증강이 사실이라면, 우리의 평화는 군사력 증강으로써만 지켜질 수 있다고 생각하는 것은 당연하고 자연스러워 보입니다.

그러나 서로 칼을 갈면 언젠가는 서로 칼을 쓰게 마련입니다. 무력증강은 우선은 평화 유지를 위해 필요해 보여도 결국 평화와는 정반대되는 전쟁 준비가 되고, 그 결과는 모두의 죽음과 멸망이 됩니다. 무력에 의한 평화가 참평화일 수는 없습니다. 무력이 잠정적으로 전쟁 억제 역할을 하는 것은 사실이지만 우리가 그것에만 의존하면 참평화는 절대로 오지 않습니다.

참평화는 단지 전쟁이 없는 상태만도 아니고 물리적 힘의 균형만도 아닙니다. 더욱이 전제적 지배로 말미암은 안정을 평화라고 할 수는 없습니다. 그런 평화는 '죽음과 침묵, 공동묘지의 평화'입니다.

참평화는 모든 인간이 인간의 존엄성을 지닌 인간으로서 자유를 누리고, 육체만이 아니라 정신적으로도 인간답게 숨쉬고 살 수 있을 때, 바로 그때 그곳에 평화가 있습니다. 평화는 인간이 진정한 참인간이 되기 위해 필요하고 이 지구상의 생명이 자라고 인류 공동체가 생존하기 위하여 반드시 필요합니다.

가령 우리 가정의 평화가 어떤 것인가를 예로 들어 봅시다. 아버지가 무섭게 한다고 해서 모두 쥐죽은 듯이 있는 게 평화입니까? 그것은 평화가 아닙니다. 불평이 있는데도 침묵하고 조용히 있는게 평화입니까? 결코 아닙니다. 부모와 자식 사이에 서로 사랑하고 화평을 누리고 웃을 때, 그것이야말로 바로 가정의 평화입니다.

넓게 생각하면 세계 평화도 인류 전체의 공동체로서 인종이라든지 국가라든지, 혹은 언어 같은 모든 차이를 넘어서 서로 형제같이 얼싸안을 수 있을때, 바로 그것이 평화입니다.

나눔과 평화 그리고 사랑

여러 해 전, 인도 캘커타의 '빈자의 어머니' 마더 데레사 수녀님이 한국에 왔을 때, 어떤 기자가 수녀님에게 가난한 사람은 왜 있는지 물어 보았습니다. 수녀님은 우리가 나누지 않기 때문이라고 말했습니다. 그러자 그 기자는 "어떻게 하면 가난의 문제를 해결할 수 있습니까?"하고 다시 물었습니다. 수녀님은 "우리가 서로 나눔으로써입니다"라고 답했습니다.

나는 평화의 문제도 같다고 생각합니다. 모두가 평화를 갈망하면서도 평화가 없는 것은 우리가 서로 나눌 줄 모르기 때문입니다. 가진 자가 가지지 못한 자와 나눌 줄 모르고, 부자 나라가 가난한 나라와 나눌 줄 모르기 때문입니다. 결국 인간이 서로 사랑할 줄 모르기 때문입니다.

우리가 참으로 서로 사랑하고 나눌 줄 안다면, 서로 형제로 받아들이고 서로의 잘못을 용서할 줄 안다면 우리는 평화를 누릴 것입니다. 결국 서로 사랑하는 것이 평화의 길입니다. 그런데 이렇게 단순한 것을 우리는 할 줄 모릅니다. 서로 사랑할 줄 모를 뿐아니라 서로 미워하고 서로 다투고 싸우고 죽이기까지 합니다.

참사랑은 무력합니다. 사랑하는 자를 위해서는 아무 것도 거절할 수 없을 만큼 무력합니다. 어떠한 고통도 죽음까지도 받아들입니다. 때문에 사랑은 가장 무력하면서도 가장 강인합니다. 사랑은 온 세상을 분쟁과 갈등과 파멸로부터 구원할 수 있는 첩경입니다.

정직과 성실

　나는 이탈리아에 자주 가는 편인데 로마 상공에서 가만히 아래를 내려다보면 생각나는 바가 많습니다. 우리는 새마을운동이나 경지정리 같은 걸로 이루어 놓은 것도 많지만, 이탈리아는 그런 걸 안 하고도, 다시 말하면 어떤 슬로건을 내걸지 않고도 잘 되어 있다는 생각을 해 보곤 합니다.

　또 이탈리아처럼 스트라이크가 잦은 나라도 없습니다. 그 곳에 사는 신부님 이야기를 들으면, 파업의 종류만도 '업종별'이니 '예고제'니 '시한부'니 해서 열두 가지나 된다고 합니다. 그들은 인생을 즐기며 사는 것 같았습니다. 시애스타(낮잠시간)만 두 시간입니다. 그런 이탈리아 사람들이 언제 그런 건설을 많이 했는지 놀라는 경우가 많습니다.

공항에서 시내로 들어가다 보면 해마다 우리보다 잘 해 놓은 것이 눈에 들어옵니다. 놀고 먹는 것 같은 데 언제 이렇게 일을 해 놓았을까 하고 놀라게 됩니다. 거기에 비하면 우리는 죽자 사자 이를 악물고 일하지 않습니까? 그 덕택에 이루어 놓은 것도 많지만 야단스러운 데 비해서는 야단스럽지 않은 나라보다 해 놓은 일이 많은 것도 아니라는 생각을 가질 때가 있습니다.

우리들이 그동안 부지런히 일해서 어려운 여건 속에 경제적인 발전을 이룩한 것이 사실입니다. 그러나 경제적 발전을 이룩하면서 잃은 가치도 많이 있습니다. 도덕적인 가치, 윤리적인 가치, 상호간의 신뢰가 적어졌다든지……. 이런 가운데 우리나라가 잘 되기 위해서는 무엇이 필요한가에 대해 나는 늘 이렇게 생각합니다.

〈우리가 부지런한 것은 계속 부지런하자, 그러나 정직하고 성실하자, 이 정직과 성실이 우리 사회의 정신적인 기틀이 되어야 한다.〉 그래서 정치·경제·교육·문화 등

가계가 정직과 성실을 바탕으로 하고 있으면 우리나라가
훌륭한 나라가 될 것입니다.

1922년 5월 8일 대구 출생(음력)

1933년 성 유스티노 신학교 예비과 입학(대구)

1941년 3월 서울 동성상업학교(현 동성고등학교) 을조(乙
　　　祖)졸업

1941년 4월 일본 도쿄 조치(上智)대학교 입학(유학)

1944년 1월 제2차 세계 대전으로 인하여 학업 중단

1947년 9월 혜화동 성신대학(현 가톨릭대학교 신학대학)
　　　편입

1951년 9월 15일 사제 수품·안동성당(현 목성동 성당)주임

1953년 4월 대구대교구 교구장 비서

1955년~1956년 김천성당(현 황금성당)주임 겸 성의중고

등학교장

1956년~1963년 독일 유학, 뮌스터대학교 대학원 사회학
전공

1964년~1966년 가톨릭시보사(현 가톨릭신문)사장

1966년 5월 31일 주교 수품, 마산교구장에 오름

1968년 5월 29일 대주교로 승품, 제12대 서울대 교구장
에 오름

1969년 4월 28일 교황 바오로 6세에 의하여 추기경으로
서임 (당시 47세로 전세계 추기경 134명
중 최연소)

1970년~1975년 한국 천주교 주교회의 의장 (1차 역임)

1975년~1998년 평양교구장 서리 겸임

1981년~1987년 한국 천주교 주교회의 의장 (2차 역임)

1984년 5월 6일 교황 요한 바오로 2세와 함께 한국 천주
교회 창설 200주년 기념과 103위 시성
식 개최(여의도)

1998년 5월 29일 서울대교구장 및 평양교구장 서리 퇴임
(서울대교구장을 맡은 지 30년, 목자 생활 47년)

2002년 북방 선교에 투신할 사제를 양성하기 위한 '옹기
　　　장학회'를 공동 설립
2009년 2월 16일 선종(향년 87세), 안구 등 장기 기증

너희와 모든 이를 위하여
(Pro Vobis et Pro Multis)

방패 왼쪽은 순교자들의 피 위에 세워진 우리 교회를, 오른 쪽은 삼각산과 서울을 상징하며, 별은 원죄없이 잉태하신 성모 마리아를 주보(主保, 수호성인)로 모심을 나타낸다.

주교의 권위를 상징하는 모자 아래의 술 5단은 추기경임을 나타내며, 주교의 사목표어 Pro Vobis et Pro Multis는 '너희와 모든 이를 위하여'라는 뜻이다.

김수환 추기경 잠언집

바보가 바보들에게 두번째 이야기

초판 1쇄 펴낸 날 2009년 7월 30일
초판 8쇄 펴낸 날 2018년 12월 10일

잠   언   김수환 추기경
엮 은 이   장혜민(알퐁소)
펴 낸 이   장영재
편   집   오정석
디 자 인   고은비, 안나영
마 케 팅   강동균, 강복엽, 노지훈
경영지원   마명진
물류지원   한철우, 노영희, 김성용, 강미경

펴 낸 곳   (주)미르북컴퍼니
자 회 사   더클래식
전   화   02)3141-4421
팩   스   02)3141-4428
등   록   2012년 3월 16일(제313-2012-81호)
주   소   서울시 마포구 성미산로32길 12, 2층 (우 03983)
E-mail   sanhonjinju@naver.com
카   페   cafe.naver.com/mirbookcompany